杨文林诗文集

综 艺 卷

作家出版社

1953年杨文林（三排右三站立者）与西北军区在野后勤文化部全体合影留念

1960年9月杨文林（左二）与马思聪先生在嘉峪关

1971 年杨文林（左三）在北湾干校

杨文林（前排左六）在天水参加主办三地市文学笔会

杨文林（右二）深入基层体验生活

杨文林（左）和诗人夏羊切磋书法

杨文林在新疆伊犁维吾尔族歌舞会上

杨文林（左三）在新疆体验生活

1997年杨文林（左一）在德国克林根农村访问

1997 年杨文林在法国边境小城维桑堡林中小憩

1997 年杨文林在德国采风

杨文林（右一）在中国作家
协会第六次全国代表大会上

杨文林（右）和著名诗人公刘（中）、汪玉良

杨文林（前排右六）为太平鼓画册作序并参加首发会

杨文林（左）在礼县看望农民诗人刘志清

2002 年杨文林筹备主持闻捷文学出版座谈会

杨文林在南泥湾

杨文林在延北靖边西气东输工地上

杨文林在陇东马连河畔

杨文林（左一）获中国作家协会颁发的创作 60 年奖状

杨文林在壶口瀑布

岁月留痕

目录
contents

卷　三

感　时

序（一）

高 平

杨文林先生是共和国建国以后甘肃本土文学的奠基人和开拓者之一，也是甘肃创刊最早、最具权威性的文学期刊《飞天》的老主编。我和他在兰州相识近60载，又在甘肃文联同事30年，经历了无数次的一起开会，同车出游，促膝议事，无拘说笑；彼此的真诚相处，使我俩结下了深厚的友谊。

2015年7月15日，《飞天》主编马青山电话告知我说，杨文林突然因心脏病于14日在北京逝世。17日，我去他的家属设在兰州的灵堂吊唁，将我写的一首七绝献在他的灵前："半世纪中交往密，相识有幸更相知。灵前送君一句话：陇上文坛不倒旗！"在向他的遗像三鞠躬后，不禁流泪失声。

杨文林作为知名的作家、诗人，同时享有编辑家、文学活动家的声誉。2011年，作家出版社出版了《杨文林诗文集》两卷，以他的创龄来说，数量不能算多，主要原因就是他把大量的时间和精力耗费在了创办刊物、支持青年作者、"为他人作嫁衣裳"上面。他为甘肃文联软硬件建设付出的努力和心血可以说无人能比。

我知道并敬佩杨文林，是从我亲身经历的他作为有胆有识、无私无畏的编辑家的两次行事开始的。

1961年10月，我调到甘肃省歌剧团任编剧。杨文林那时是《甘肃文艺》（《飞天》前身）的主编，他知道了我就是那个在1958年被补划为右派的《大雪纷飞》的作者，立即派诗歌编辑师日新来找我约稿。我马上写了《西藏的怀念》，在12月号上发表了。杨文林等于是第一个恢复了我摘帽以后署名发表作品的权利。跟着，《甘肃日报》《青海湖》《延河》《西藏日报》《宁夏文艺》等都陆续发表了我的作品。

1963年，我创作了歌剧《二次婚礼》。当时剧团团长和分管剧团的宣传部领导都认为它宣扬了"阶级调和"，不予排演。我把剧本投给了《甘肃文艺》，杨文林把它拿到编辑部的全体会议上，由大家轮流分场朗读审议，当场通过，刊登在了1964年1月号上。这个歌剧后来多次公演，并且拍了电视，在中央电视台播放。

也许由于我和他有着这份情谊，他的子女才特别邀请我为本书写一篇序言。

这本《杨文林诗文集·综艺卷》收录的主要是他本人的轶作和他人的评论。他人的部分是专家和朋友的文章以及赠诗，各有角度，见仁见智，都写得真实、细致、热诚、感人，对于进一步了解杨文林的作品与人品，提供了更多的参考与思考的可靠材料。

在轶作部分中，我首先看到的是杨文林对于他捐献给中国现代文学馆的许多手稿的说明，这些文字也可以看作是他对于某些作品的自我解读，从中我们更清楚地知道，他是怎样地投身于现实，忠实于生活，执着于创作。这些叙述是宝贵的，因为它们也是认识那个时代社会面貌某个侧面的旁证。

其中的评论文章，充分展现了杨文林主持公道的精神和反对极"左"的勇气。无论是面对动辄把文学作品打成毒草的专制势力，还是面对将纯文学推入绝境的铜臭浊流，他都坚守信念，决不退让，以战士的姿态挥笔反击；同时对他认为应当赞扬的作家和作品不遗余力地撰文支持。"立脚不随流俗转，人人皆可砥中流。"他是以此自勉的，也是身体力行的。当然，有的观点难免留有时代局限的印痕。不管怎样，这些文章都是壮士风骨的体现，呕心沥血的篇什；不缺黄钟大吕之音，绝非浮泛应酬之作。

就气质来说，杨文林毕竟是一位诗人。以前他写作与发表的多是新诗，收在本书中的旧体诗作，说明他也应被归入"两栖诗人"的行列。率真随性是他的旧体诗的显著特点，这与他的胸怀坦荡是一致的，正所谓诗如其人。这些诗不拘泥于平仄、对仗、韵脚等律绝的格律，当属于新古体。杨文林的诗风和他的处世风格一样，不善矫饰，不事雕琢，自然流出，发自肺腑。从艺术上看虽非"大手笔"，从性情上讲却是"真诗人"。

杨文林十分珍惜友谊，他的这些新古体有不少是称颂或赠给文朋诗友们的。他善于发现别人的长处，尊重别人的成就，一扫

"文人相轻"的旧习。他的慧眼与知人的能力也是超强的，往往寥寥几笔就能刻画出一个人的特点，圈定对方的价值。例如《赠老革命剧作家武玉笑》一诗开头就说"不重浮名不重官，胸有劲节放羊鞭"，把放羊娃出身、保持着革命本色、专注事业、淡泊名利的武玉笑，凸显在了我们的面前。又如在《赠诗词家林家英教授》一诗中，写林家英出现在课堂上的风度与形象，仅用短短十个字的侧面描写就生动而风趣地展现出她深受学生们敬慕的情景："男生整领袖，女生理裙裾。"不禁使人想起《陌上桑》中对罗敷的描述，可见杨文林受过古乐府的熏陶。

　　杨文林走了，他的作品又来了，读着这些我们已经读过或初次读到的诗文，更加深了对他的了解和怀念。

2017 年 3 月 7 日于兰州

序（二）

谢昌余

　　我和杨文林相处、相知、共事五十多年，他待我亲如兄弟。他的骤然离世，让我倍感沉痛。在他的子女向我提出为本书写序时，提笔之际，他的音容笑貌宛在眼前，令我潜然泪下……

　　《岁月留痕》是文林生前整理编成的一本札记。文林以前创作出版过多本诗文集，相比于这些文集当中的诗文，这本书收集的资料更为丰富，不仅包括了文林一些已发表和未发表的诗文稿，还包括他的信件、致辞、评论、随感，他和友人间互赠的诗词，以及友人对他本人和文章的评论。其中那些首次收录的内容，更加凸显了文林的人品、人格魅力，表露了他的真性情。

　　文林一生追求文学事业，孜孜不倦，耄耋之年，仍笔耕不辍。书中收录的《一枝一叶总关情》（为献赠部分诗歌散文手稿致中国现代文学馆的陈情信）中，他写道："虽然自觉只是新中国文学之树上无数叶子中的一片，但每片叶子都是有生命的，承受过阳光雨露，也经受过风雨霜雪，感受过文学舒展时的欢欣，蒙难时的痛苦，焦虑时的期待……"表达了他对于文学事业的痴情和热爱。

文林对同志和朋友坦诚、友爱，是个重情重义的性情中人。书中收录了许多他与同志和朋友相聚、相离、相思的诗篇，对于离世的战友、同志更是念念不忘，将思念之情寄寓于诗词之中。在本书收录的三十多首这类诗词中，有悼念德高望重的文学艺术前辈和已逝的同辈友人的，如闻捷、夏羊、伊丹才让、赵燕翼等；有赠予相聚、相离的友人的，如张家昌、李玉福、何来、汪玉良等；也有赠予普通作者朋友的。所有这些文字，都流露了一种发自内心的挚爱之情，感人至深。

本书中收录的友人对文林的赠诗和对他的诗文和个人的评价，从另一个角度呈现了文林对文学的赤诚追求和对朋友的真情。

2017 年 3 月 5 日

一枝一叶总关情

——为献赠部分诗歌散文手稿致中国现代文学馆的陈情信

中国现代文学馆建馆之初，曾函约、面约我捐赠作品版本、手稿、书信等。我是中国作协作品欠丰的会员，已呈送 1982 年甘肃人民出版社出版的诗集《北疆风情》，现献赠 2011 年作家出版社出版的《杨文林诗文集》诗歌卷《北草南花》、散文卷《陇头水泊》两卷，并献赠十余件从上世纪 50 年代至今 60 余年间发表于《人民文学》《诗刊》《中国作家》《散文选刊》的尚存诗歌、散文手稿 15 篇（件）及刊于我的诗文集的书法作品四件，以在 83 岁之年留作文学创作 66 年的一份纪念。留一份纪念，是我年将八十时油然而生的一个心愿，这个心愿是一个新中国文学抚育下成长的作家的一份感恩。虽然自觉只是新中国文学之树上无数叶子中的一片，但每片叶子都是有生命的，承受过阳光雨露，也经受过风雨霜雪，感受过文学舒展时的欢欣，蒙难时的痛苦，焦虑时的期待。"一枝一叶总关情"，一个记忆，一段往事，一页经历，一缕忧思，一点感悟，一封书信，无数叶子蔚成中国文学之树常青。

现将手稿情况陈情如下：

诗歌手稿六件　信一件

（写作时间：1956年至2008年）

第一件：《给昂姻曼》一首，《人民文学》信一件

这是我于1956年10月写的一首支援埃及人民反帝斗争的150余行的政治抒情诗，投寄《人民文学》后，编辑部改定待刊。后因国际政治形势变化未刊出，将改定的原稿退还时，编辑部附了一封恳切的信说明原因，并鼓励我继续投稿。对一个文学青年来说，一首较长的诗未能发表固然失望，但得到的鼓励却是一份珍贵的精神厚赐。1957年我从部队转业至甘肃省文联至今，任职《甘肃文艺》《飞天》数十年，对作者的敬重是我从不敢忘记的心规。这份诗稿和《人民文学》来信因与印有国防部长彭德怀元帅条章的转业证存放在一起，竟完整地保存了下来，我将它们编入我的诗文集《岁月留痕》辑。

第二件：《车辙》一首（初稿残页）

此篇原是 1959 年投寄《诗刊》的组诗《敦煌棉田曲》中的一首，《诗刊》只选用了两首，此首未选。经过修改，以《车辙》为题，发表于 1963 年 3 月《人民文学》刊出的"甘肃诗歌小集"。

第三件：《敦煌棉田曲》一首（初稿残页）及《诗刊》批评文章复印件一件

《诗刊》1959 年 9 月号发表我的《敦煌棉田曲》，此稿原为四首的组诗，发表时只选用了二首，保留了原组诗的标题。发表的两首原稿已失，现仅留未选的两首初稿残页（其中一首修改后发表于《人民文学》）。此组诗留有我的一份珍贵记忆：1960 年 4 月《诗刊》发表了我的一篇文艺通讯《根深叶茂》，同期也发表了一篇文章批评我的《敦煌棉田曲》"宣扬小资产阶级情调"。此事发生在反右倾、拔白旗的年月，令我惶恐。蒙李季、郭小川诸前辈的关护，我未受到工作、写作方面的"政治影响"。我将批评我的文章复印一份与手稿残页一起留存，以感念那个给文学青年留下很多记忆的年代。我在我的诗文集诗歌卷的自序里对此段经历有记述。

见到《诗刊》批评文章前数日，收到编辑部来信，表扬我《根深叶茂》一文对群众创作的热情报道，有抚慰之意，这种为作者想的编辑令人感念，可惜这封信遗失了。

第四件:《风雨碑前》一首（初稿残页）

我于 1964 年后中断诗歌创作 20 多年，80 年代中期走江南，入滇粤，舟车之上，行旅之间，写下数十首诗，但一直自封在笔记本里。90 年代初牛汉、李瑛同志来甘肃参加一次诗歌笔会时，应甘肃作协之约整理了《绍兴三首》。其中《风雨碑前》一首获笔会一等奖，蒙早年在甘肃生活战斗过的诗坛大兄牛汉赞重并授我证书。此组诗随后以《绍兴三首》发表于《诗刊》1994 年 3 月号，手稿仅存《风雨碑前》一首。其他数十首写南方生活的诗，20 余年后整理编入我的诗文集诗歌卷《南国花韵》辑。

第五件:《列宁像前》九首。《鲜红的象征色》八首（初稿、定稿）

这两大组诗分别发表于《中国作家》和《飞天》，是我第二次访问新疆写的诗。1984 年我参加了在新疆伊犁召开的西部文学研讨会，走访了边哨口岸、草原牧场等很多地方，会后又横越天山，行程数千里到南疆，在库车、喀什、吐鲁番等地访问月余，这次 40 余天新疆南北两地行旅中我在笔记本上写下数十首诗的初稿。我在研讨会发言中，即席朗诵了《鲜红的象征色》一首，因为寄托了中国人民对中苏关系解冻的热望，受到了与会的汉族和兄弟民族的欢迎。一位维吾尔族诗人还将一部本民族的文化经典《福乐智慧》赠我。我曾于 1960 年带领甘肃版画展览团在北疆访问月余，写下《伊犁》八首，1984 年是二访新疆。20 多年的中苏对立，对我这一代高举马列主义旗帜，高唱国际歌，在中苏友好的时代里成长起来的文学青年来说，四分之一世纪的对立是心灵感受的历史之痛。我写下了《列宁像前》。这些二访新疆的诗，连同1960年初的访疆诗，我编入我的诗歌卷《北草南花》的《天山南北》辑。这些诗的手稿，是我唯一从初稿到定稿保存完整的手稿，而且，我自己重看《天山南北》数十首，它是我这个西北诗者拙诚半个世纪描绘的一幅新疆历史和民族生活的画卷。

第六件：《红色宿舍》五首（毛笔书写稿）

1962年《甘肃文艺》拟组织一些反映玉门油田生活的诗投寄《人民文学》，我为此去玉门组稿并在鸭儿峡矿区生活月余，写下《红色宿舍》五首。到1964年末时，文艺肃整之风日紧，特别是毛主席"两个批示"发表后，作为《甘肃文艺》编辑部负责人，我焦虑于自己所办的刊物，是属于"少数几个好的"，还是属于多数"已跌到修正主义边缘"的不好的。自从对小说《刘志丹》的批判开始后，甘肃凡涉及陕甘宁边区历史的文艺作品、文章一律立案审查。《甘肃文艺》因发表《南梁山歌》，也做了检查。是年是月，身在其境，已经没有什么心思再想诗、写诗了。《红色宿舍》是20多年前我告别诗歌时写的最后一组诗，是在玉门矿区用小楷叶筋毛笔调红墨水书写的。我从做编辑开始，30余年间一直用小楷毛笔编稿，这样你无法潦草，也使稿面有涂改时显得清晰，印厂排字师傅对我的毛笔编稿很欢迎。这几页未投寄、发表的手稿，我视为珍贵。

50 年代发表于《人民文学》的尚有组诗《响在田野上的短笛》四首、《诗刊》上的组诗《新事新唱》等六首以及被称为"第二诗刊"的《星星》创刊期的组诗《将军的话》三首,惜均无手稿留存。

散文手稿十篇（件）
（写作时间：1996 年至 2006 年）

我写散文始于 1948 年,1949 年参加革命,在部队新闻宣传文化工作岗位 9 年,从事通讯等记叙性的文字的写作,转业后进入编辑行列,在《飞天》及其前身《甘肃文艺》的领导岗位上 30 年,散文自然是我必须关注的方面。"为他人作嫁衣裳"时,也自然学得一些针剪手艺,但散文在我年逾花甲、老之将至时如约而至,不是因为我对散文写作形式的悠然记起,而是在经历了改革开放的辉煌岁月后日显的社会问题,陡增了对党和国家和社会的"忧患意识",我这个农村少年、解放军战士,从新青团（共青团的前称）到共产党员,流着中国传统文化的血液,在"五四"新文学运动以来的革命文学哺育下成长的作家,怎能不与党与国家同忧患!如果说忧患意识是中国文人的主体意识,那么,作为一个出生在自然条件相对严酷的甘肃、尤其是被称为"苦甲天下"的陇中地方的作家,我的忧患意识带有脱不开的"地方烙印"。我曾写过几句自白:"生于甘肃,长于甘肃,情系乡土,心忧思苦。"就是这种"苦忧心结",鞭策我进入散文写作,为事而作,感时而作，吐纳心声，鼓呼公平。90年代中期起的十余年间，我写了40余篇散文，编入我的散文卷《陇头水泊》。《文艺报》报道中给予"饱含国家情、民族情、乡土情、同志情的精美散文"的评介，这自然是一种鼓励，只说明为家国乡土，我努力了。我选了其中发表在《人民文学》《中国作家》《散文选刊》的八篇，《延河》《飞天》的各一篇，共十篇的手稿捐献。其中《陇头水泊》《大鼓天音》《豆饭荞食忆》等三篇是写甘肃乡土的作品。

我对各篇内容略有简介，写作背景略有简述。

第一篇（件）:《陇头水泊》(手抄稿，文载《散文选刊》1997年第6期）

这是我念水思水的心结，聚水而成的心湖。一个备尝十年九旱苦涩的甘肃诗者，当我在渭河源头的鸟鼠山下参观一处在建的水库时，竟生发出了眼前碧波万顷、船舟绕湖、凫禽起落、击舷而歌，唱《采薇》之诗、诵《蒹葭》之章的遐想。我还遐想因忧国忧民而被贬官的庐陵太守欧阳修携酒而来，与民同乐；遐想教子"粒粒皆辛苦"却灯红酒绿、"水陆列八珍"的父母官也来体会《悯农》诗中"汗滴禾下土"的耕作之劳。县上主事问道于我，我敬言：一如既往地种草种树，兴水养土，保住一带净水、一方净土，当空气和水和绿色成为商品的时候，乡亲们有功了。

第二篇（件）:《大鼓天音》(手抄稿，文载《人民文学》1997年第1期）

此篇是我为兰州太平鼓画册写的序,这是我的乡愁之声。这种形如巨桶、大如卧牛的农民之鼓,红漆彩绘,龙蟠云绕,鼓面绘着太极八卦图,令人敬之若神。它声起时,时空顿然失序,山河振振,人能不为之动容!每年春节,父老们身系大鼓舞大舞,一年的辛苦、太平的期盼,都沉浸在这太平鼓声中。

我17岁到兰州谋生,初见前清甘肃总督府前的辕门大街,数十面大鼓列阵演进的场面,使我这个临洮少年惊奇得张大了眼睛。解放后,每年正月到十五,兰州三县六区都有太平鼓进城,太平之年庆太平,灾祸之年祈太平,鼓声"咚——咚——咚",周而复始,缓慢激越……我心随声远,那鼓声从历史的远处响来。我的父老乡亲,千百年来在丝绸之路上扼守中华文明,以天下太平为己任,并不抱怨地理不公。西北向东南倾斜,流失了太多的水土,连黄土地的血管也将近干涸了……又听鼓声时,我忽生悲意,心怅然,思寥廓,我多么想在沟壑纵横、黄土连绵的峻岭之上,在滚滚东去的黄河之滨,听那远古先民们祈年祈福的鼓声……使炎黄子孙,华夏儿女,那些得地理之富的同胞们,也能听见耳边隐隐如雷的鼓声,那是数千万尚在为温饱祈福的父老乡亲的默告,却是沉重的历史的回声……

听鼓60年,繁华与时来,乡愁与岁增。古稀年后,那太平鼓声似逐年远去了,有些年的正月竟无太平鼓进城,但蜂拥而来的商家鲜亮开业时,常见城里谋生的太平鼓队表演助兴。产业键上的音符,失去了农民对天地的敬畏,对太平的祈愿,已无农民之鼓的浩然大气,每见鼓手疲惫的面容,我难禁陈子昂《登幽州台歌》"前不见古人，后不见来者，念天地之悠悠，独怆然而涕下"
的伤怀。

第三篇（件）：《豆饭荞食忆》（手抄稿，文载《人民文学》2001 年第 1 期）

此篇记述的是 1956 年我在甘肃临夏地区参加农村社教时，因为一个特殊的原因，连吃两天豆面糁饭、荞面搅团的故事。社教纪律严明，除同吃、同住、同劳动、同学习的"四同"外，"三不吃""两不喝"的禁条令人生畏，犯禁者多有被"三开一教"的。禁吃肉、禁吃鸡蛋、禁喝酒全国概同，而禁吃"油香"（油饼）、禁喝茶则是甘肃地方的特禁。一顿"油香"半年油，又不能光吃不喝，春尖、沱茶是必备的，而这些都是男婚女嫁和娃娃过满月的飨客食物，汉民过年、回民开斋时才吃。因此，禁吃油香禁喝茶禁得实在英明。时三年困难时期已过，我们社教的社队，社员粗细粮搭配，已能吃饱肚子，社教队员的饭桌上都是细粮当家。而且，在吃喝问题上家家用心良苦，不准吃"油香"，就将油揉进面里蒸"卷子"。我每每端起碗来就想流泪。说民风淳厚，也对，但归根到底，是人民对党情深。

就在一切顺利的时候，我们的饭桌上因吃了新媳妇"试刀"的羊肉臊子面而犯了大忌。我是统领三个生产小队、四个社教队员的"片长"，那天半碗入肚才猛省犯了禁。同桌的王秘书是临夏一个公社派来社教的本地人，正待端第二碗，却见军队来的天津人黎参谋从碗里拣出三四十粒豌豆大小的肉粒堆在炕桌上；北京一家图书馆派来的大学生、镇江姑娘金菱正待效法，被我用一个鼓励吃下去的目光制止了。这顿饭每个人只吃了一碗。为了给造成新媳妇一家不安的黎参谋一个"报答"，王秘书特意安排连吃了两天豆荞。豆荞性寒，兼食可以养生，连吃胃肠胀满，而连吃两天，只有陇中人结实的胃可以承受，我自饱享了口福，黎参谋与金菱姑娘却大大地吃了苦头。

王秘书自知犯了团结纪律，做了自我批评，大家和好如初。这次社教结束后，社员扶老携幼地相送，情依依，泪盈盈，个个眼睛湿润。社教结束后，大队蹲点的长征老将军曾带着干部去回访过社员，我们也先后去看望过社员。金菱姑娘从北京来兰州出差，专程去临夏，在给她穿过村姑花袄的房东家住了一宿。不论谁去，点着吃要着吃的都是豆面糁饭、荞面搅团，我还带回一袋生蚕豆，饱满玉润，拳拳似心。它是一份宝贵的精神遗产，它催我命笔，在奢靡之风日炽的时候，在《豆饭荞食忆》中写下一段感言：现在国家兴盛，经济发展，百姓生活也提高了，"三不吃""两不喝"已是昨天的故事，但我不嫌陈旧。太平之年不纵奢，岁丰民盈也不忘俭约；如果口腹之欲无度，吃垮一个村，吃垮一个乡，吃穷一个县，吃败一个企业，实乃秧民之弊。《礼记·礼运》有云："外房不闭，是谓大同"，"众以为殃，是谓小康"。相对于夜不闭户的"大同"，"小康"是以官不殃民为根本的，故作《豆饭荞食忆》，不能励人时聊以励己。

《人民文学》50周年刊庆时发表内蒙读者董培勤先生的来信说，读《豆饭荞食忆》，"让人泪水潸然，唏嘘不已"。我想先生定然和我一样端过盛满人民对党深情的碗。成由俭，败由奢，饕饕文化，奢靡之风，败坏着党和人民的血肉联系，动摇着社会主义的根基。

这真是穷也忧，富也忧，穷忧温饱，富忧奢靡，对于这种痛苦的社会纠结，我常常以悲自对。

第四篇（件）：《宝石蓝的华沙车》（手抄稿，文载《延河》2001 年第 10 期）

此篇写于 1998 年。1958 年甘肃省委第一书记发表对李季等三同志的谈话，作协兰州分会成立，一路春风；省政府将政府机构办公的原张治中公馆拨归作协，那是一处广植槐柳果木的怡园；1961 年省委又报请中央批准将中苏友协并入已经和作协合并的甘肃文联，一栋"洋楼"带三亩果园八亩地，又是一处怡园。那时虽然生活困难，劳动繁重，但精神之欢快无以言表。我那时曾想，"我们亲爱的党厚待文化人是一种传统吧。延安时期的鲁艺设在桥儿沟，那里的窑洞不比中央驻地的小，而且还多了一座天主教堂，让文化人们有一些艺术想象的空间。

我们坐拥两处怡园外，还有一辆宝石蓝的华沙车停在庭院里，更为文联作协添了殊荣。那时的省上领导的专车，也仅是老式的"伏尔加"，它驶过街道时百姓多行注目礼，敬车敬人。华沙车虽然是对李季、闻捷等同志的礼遇，但不是专车。1961 年李季调回北京，闻捷在《甘肃日报》任职，文联作协有坐车资格的领导只有三人，其中常书鸿身体强健，喜欢步行；李秀峰虽年已花甲，但经常骑自行车出行，只有在去医院时乘车；主持工作的徐刚也只在去省委开会时乘车，一是进门方便，二是显露些文联作协的风光；像我这等年轻人则是连坐车的奢望都没有过。但谁要家中有事或生病，"华沙"热忱陪护。我与"华沙"同行，是和它相晤的一年多以后。领导们鉴于《甘肃文艺》每月到西郊印刷厂校对，骑车费时辛苦，批准由"华沙"接送。我们四五同人挤在车上，"华沙"轻轻鸣唱着，沿着滨河大道穿城而过，看花而行。我那时真有孟郊登科的心情："春风得意马蹄疾，一日看尽长安花。"

我们的蓝鸟就这样与众同行，守望着一批文化人，迎来了"文化大革命"。然后是文联、作协撤销，干部下放，"华沙"和老司机杨飞一起被省委调走了。那是别妻离子的年月，我没有来得及和"华沙"告个别，就去了干校。三年后调纪念《讲话》30周年办公室重操编辑旧业，去省革委会报到时，一眼就在停车场看见了久别的"华沙"车，我急扑过去伏在车头上，连喊"杨飞"，"同行不疏友"，我们重逢了。杨飞忧伤地说，华沙"老"了，他也快退休了。这次见面竟成了和"华沙"的永别。随后《甘肃文艺》艰难中复刊了，曾是两处怡园主人的我们，被赶往东郊一处空楼，凄风苦雨中我常常想起"华沙"，想起它承载过的那个时代，那些难忘的岁月。经过打问，知道杨飞已经退休，"华沙"下放给一个工厂，又被转卖过两次，然后不知魂归何处……

我于1998年甘肃作协成立40周年时写下《宝石蓝的华沙车》，感念甘肃老一代领导人对作协的厚爱，写下一段作为"华沙车"一文结尾的文字，感念一个正在失去的官员廉明、社会公平、人心向朴、文化干净的时代："我不忌车，也不拒车，出租车、公家车都坐，有时还被尊进我不认识名字的高级车，但不论坐什么车，都难寻回和'华沙'同行的那种感觉。愈是坐在高级车里，我就愈会想念飞逝的蓝鸟，它可能早已葬身废料场，被肢解，被销熔，冷却了最后一丝体温，夭逝了它承载过的一代人的洁行俭德。每当想起它，我就在街头的车流中寻觅，它还能存身在这个世界吗？当轿车超过了交通的需要，由代步工具成为权力、金钱的象征，释放着腐败之气奔驰于争奢竞侈的快车道，谁还能阻止物欲横流人心浮躁呢？那些一朝为官飘然离地的驷马高车，一夜暴富而睥睨大众的香车宝马，得意贵族笑傲江湖的玩世豪乘，争抢着一个只许自己生存的空间，在它们中间，我敢说我们的蓝鸟是最美丽的。有一天夜间微雨，我正惆怅怎样穿过马路时，在长长的车流中忽然又看见了'华沙'，真是众里寻他千百度，蓦然回首，我们的蓝宝石却在灯火阑珊处。然而这肯定又是幻觉，定睛细看，车流滚滚，满街浊尘……"

此篇中还记述了一段1954年我去作协西安分会请转业不久的前辈魏钢焰改诗的往事，那是在陕西军阀高桂滋的公馆里，"大院套小院，门多竹帘多，蹑步庭院花径，如入大观园中"。因有这段记忆，我将此篇寄给陈忠实同志，他推荐给扶植过我的学步诗的《延河》发表了。数十年来我一直尊《延河》为我的"师之刊"，手稿发表的非全国性刊物中我选《延河》有纪念之意。我未述及的还有一段小情节：朝拜西安分会的那天，曾任一野政治部文艺科长的王宗元前辈留我吃午饭，幸与杜鹏程、高敏夫、魏钢焰、胡征、古立高同桌吃炸酱面。在我的眼中，他们是大作家、老革命，与我年有长少、位有高下，但对于我这个"后生"

一片亲和之气。陕北老诗人高敏夫饭后还教诲我"要写诗，先去学习民歌，你们甘肃陇东民歌也很多嘛"。一席陕北话，至今难忘。

第五至九篇（件）:《一面坡上的酒风景》《克林根酒村的小康》《酒桶·神器》《葡萄长廊赶酒节》《诗哉，酒哉》——酒飨歌德席勒马克思，中国德国诗酒情。

以上是我写于德国的以《诗哉，酒哉》为中心篇的五篇散文。其中《一面坡上的酒风景》载《人民文学》2008年第5期，其他四篇均载《中国作家》2009年第10期。以上五篇为初稿底稿，无手抄稿存留。

在国外，当我以一个中国人的民族自信面对一切陌生，用中国人的文化视角观察欧洲文明，用年轻时即对马克思、恩格斯学说的信仰，对欧洲经典作家的学习所得，认识欧洲文明，自感并不在一切方面逊于欧洲朋友的时候，我忽然觉得一个走向世界的中国，一个有数千年灿烂文化的中国，使我获得了一些老来的成熟。我用中国作家的文化情怀、文化语言凝思异国意象，获得的文学意识不是崇拜，也不是排拒，而是从不同民族的文明建树、文化优长的宏观世界中获得自己的"大主题"了。这个主题里有我的家国情、乡情。至于"大散文"，我理解是指国家的民族的世界的历史的人性的大我精神的展现，结构宏大，文思宏阔，无论能否达到这种境界，都是应当努力的。

《一面坡上的酒风景》

"一面坡上的酒风景"是指德国西部一处建在山坡上的历史悠久的酒市，但它的风景却不在酒，而在乎山水之间，它被称为欧洲建筑的博物馆。"站在坡下，我不禁寻思：眼前这楼阁相连，陡脊争耸，嶙峋尖塔步步升高的童话世界是怎样建成的……我想一定是有位酒商最先看中了这面坡地的价值，像我国《水浒传》中的张青、孙二娘夫妇在十字坡前悬起酒旗开店卖酒一样，酒商在坡下建起一座红沙砌成的古罗马风格的酒楼，方门方柱方庭方窗，饰以花卉、人物雕型，大获成功，游者纷至沓来，门庭若市……于是哥特式、巴洛克式的酒屋占尽两边，依坡而上，各争风流，屋脊你高耸，我斜披；你红瓦，我青砖；你乳白，我鹅黄；你淡青，我酱紫，各尽其妙……"面对此风景，我品味到了一种可贵的建筑精神，这就是从一面坡的第二家酒楼起就恪守了一条规则，即拒绝高楼，彰显古风；你不遮我的阳光，我不煞你的风景。没有一家相同的设计，却有一面坡整体的建筑美。

"万仞峻为城，沈酣浸其俗。"（唐·皮日休）一面坡不高，不过百丈，人们沉醉在一种民俗风情中，在宽不过八尺的酒巷中上上下下，不分男女，不分民族，贴胸而过，擦肩而行，然后落座赏景品酒。我歇脚在一个小广场，恰逢文艺演出。我点了一杯最便宜的酒。平时不喝酒，此时更心不在酒，我被一个头戴花冠、披着披肩、穿着罗马式长裙的女子非常动听的歌声打动了。"她使我想起了我国蒙古族、藏族、维吾尔族的女歌唱家德德玛、才旦卓玛和阿米拉，想起她们的五彩裙、蒙古袍和美丽的头饰、长巾，想起她们歌唱天山、草原的深情。眼前的这位女歌唱家想必正在唱她们的祖先从阿尔卑斯山走来，在欧洲大草原上生息……"

愈是民族的，就愈是世界的，一面坡上的风景是美丽的，它赋予人与自然和谐的生态文明的主题是永恒的。

《克林根酒村的小康》

"小康"是中国的题目，德国农民生活普遍富裕。安居乐业的农民喜欢办节，酒节、苹果节、樱桃节、菊花节等名目繁多，个人办的节也天天都有，在一个乡的范围内你可以一天赶数家。我是为探访德国农民生活而赴克林根村酒农阿尔诺德先生的酒节的。庭院里摆满可随意折叠并合的条桌条凳，铺着台布，摆着鲜花；柜台上摆满出售的自产的酒品、蔬果，邻居的少男少女们都来帮忙，彬彬有礼，招待宾客。客人有扶老携幼而来的，有过路的旅行者为观光而来的，有不想做饭的妻子带着丈夫孩子全家来进餐的。来者都是客，吃好喝好，但要付钱，这和中国有很大的不同，不过那价钱要比餐馆低些，肉排比餐馆厚大些。现场还有本村农民业余演出队的演出，彩带舞、古风舞，民歌俚调，尽显地方风情。

"阿尔诺德先生是个中等经营规模的酒农，十分之二的收成由村里合作社统筹经营，自营酒品一万余升；若是小酒农，则由合作社以各家的葡萄产量换算成成品酒，各酒户以合作的品牌自售或联营销售。不论何种经营方式，都是自主的、公平的、诚实的，联邦法律是一柄高悬的天剑，少有人敢鱼肉乡民，也少有人敢违法经营，农民和公权力的执行者，平等地共处于一个法制严谨的社会，政府为民筹谋，民众安居乐业。这可以说是德国农民的'小康'。一些公职人员印着头像的竞选广告和阿尔诺德先生的酒节告示张贴在一起，这是克林根酒村的又一道风景。"

用富裕的德国酒农的生活说"小康"，意在对我国农民幸福生活的期望。"小康"不仅是物质指标，更是全面提高社会发展水平的要求。"两千多年前的周朝，召穆公给周厉王的谏书中说'民亦劳止，汔可小康'；'无纵诡随，以谨无良'，'式遏寇虐，憯不畏明'（《诗经·大雅·民劳》）。劳动人民应当过安康的生活了，对于恶人要提防，遏止掠夺与横暴，他们实在太嚣张。我国农民在国家的呵护下，小康的日子已不是遥远的愿景。在农民看来，一掷万金的'黄金宴''满汉席'是腐恶的饕餮文化，是社会之耻。中国农民有守勤守俭的传统，只要温饱有余就够了。至于处于贫困地区的我的家乡的农民，如果每年二十四节气都举节'坐席'，互请互敬，有肉有菜，有酒水，敲响太平鼓，扭秧歌，唱秦腔，无衣食之忧，无灾祸之殃，那就是真正的'衣食足，礼仪行'的日子，是《礼记》所云'外房不闭，是为大同'的康乐社会了。"

"他山之石，可以攻玉"，亲历了异国农民的节日，写下此篇，寄托我对中国农民共同富裕、家乡农民早日小康的期盼。

《酒桶·神器》《葡萄长廊赶酒节》

在信奉基督的国度里，在《圣经》记载里，酒和面包都是上帝赐予的食物，等同"圣餐"。酒是"生命之液"，酒桶就不再是普通的盛酒之器，而是成为有神秘宗教色彩的历史符号。我在

《酒桶·神器》篇中记述了参观一座德国古罗马时期的教堂和修道院时目睹的景象："在进深百米之处的地下酒窖里，百余众直径三米的大酒桶，分两行排列在木架上，像静卧洋面的百条巨鲸，使人惊悚得无以言表……"据说欧洲最早的酒就是从传播知识的修道院里酿造出来的。德国就流传着教民按教皇圣谕在同一天采摘葡萄的故事。除去宗教色彩，我深感德国人酒文化的一个宝贵的品质是敬重劳动，这在我的《葡萄长廊赶酒节》一文中有描述。那酒节是一个葡萄长廊所在州县乃至联邦政府的节日，这个节日一连多天，世界各地的游人在方圆100多公里的葡萄园里、酒帐里与那些平时穿着短裤、汗流浃背地劳动，今天衣着光鲜的男女酒农共享收获的喜悦。最见精神的是从乡到县到州，都要选出自己的节日皇后，当选的女子必须是参加劳动、具有葡萄种植和酿造技能的高中以上文化程度的未婚女子，并不看重美貌，而是看重劳作。对州选的皇后颁奖，州长还要讲话，还有花车游行。节日期间，也是各级政府最忙、官员下乡的日子，这就像五六十年代我国干部下乡送肥、麦收一样，是欣然去接受的劳动洗礼。

《诗哉，酒哉》——中国德国诗酒情

酒和诗的结合，无限丰富了它的文化意涵。以酒敬天敬地敬祖敬人，中西同俗，而以酒飨敬诗人的盛景，为我在德国所独见。在《诗哉，酒哉》篇中我有两段记述：一是在歌德1815年写成《浮士德》第二部的梅特里庄园所见，"歌德晨昏独坐的一处绿阴伞盖的土台，成为庄园刻石铭文的人文景观——歌德观景台。拱围着观景台，几座开放式的轩亭，组成半圆形的酒廊雅座，将歌德拱围在中间。络绎不绝的朝圣者蜂拥而来时，能容纳数百人的酒廊座无虚席。这么多的人和歌德同在，品酒温诗，真正是古典诗歌的荣耀。来者个个衣冠整齐，彬彬有礼，微笑，礼让，小声说话，在歌德观景台上站一站，看一看，礼贤思齐，升华自己，然后落座，环顾四邻，个个都是佳客，男恭女慧，小杯浅饮，大杯小啜。人们好像不是在喝酒，而是品味一种高妙的境界，个个沉浸在风清日朗的大自然怀抱里，沐浴着诗歌的阳光，经受文化的洗礼。在后现代物质强权的生存环境中，德国人的这种诗酒性情，是一种自在的精神安乐"。

另一段记述在席勒广场所见："……重重酒帐，宾客落座，面向席勒铜像举杯相邀，一洗诗人生前的烦忧，又是一番诗酒雅风；而酒家设帐则各尽其妙，有的帷幔上缀着麦穗束、玉米串和葵花编织的花环，有的以葡萄藤、青草把、干草捆和野花装饰门庭；有的则在帐前摆一架木轮车，上面置放着酒桶、榨酒工具、枞树枝、蔴布片、铜水罐、铁烛台，甚至芦苇制成的锅刷。这些装饰看似平淡，却都是具有深意的艺术品，在向人们宣示：我们的祖先从远古走来，穿过蔴布，饮过山泉，种植谷物蔬果，放牧牛羊，然后才有了面包和酒；亲近历史，亲近大自然，亲近生活的本真，就是亲近了诗……人们围定席勒，占先者靠近诗人，怡然自得，后来者莫能近前；环绕广场走了一圈，仍然无法走近席勒，我只有从远处敬礼了……"

酒是一种介质，它承载着人类的文化精神，探寻中国德国诗酒情是一次思想和艺术的艰苦跋涉，一路走来，最后走进古罗马都城——马克思的出生地特里尔，走进马克思故居，拜谒在无产阶级革命导师的像前。从 90 年代起的数年间，我两次去德国，在摩泽河谷领略过山地葡萄园的风光。马克思在这里写下一篇又一篇唤起种植葡萄的农民反剥削、反压迫的檄文，震动了封建统治阶级，被迫辞去了《莱茵报》主编。"他向前跑去"（恩格斯），去写改变世界的大书《资本论》；这个敬仰歌德、席勒，也想成为狂飙诗人的革命者没有成为诗人，却用诗的激情写出了全世界无产阶级的战歌《共产党宣言》，放飞了曾于 1848 年纠缠过欧洲，注定还要纠缠全世界的共产主义幽灵，而且，只要这个世界还存在国家的、民族的、社会的不平等，还存在阶级剥削和压迫，它就不会消亡。我这个来自世界资本主义包围中崛起的社会主义中国的共产党员，两谒马克思故居，每次聆听《共产党宣言》的中译朗读，都不禁有一种亮旗的振奋。

两去特里尔，我都尽量带回了珍贵的"马克思酒"，那是性烈的摩泽河葡萄酒，是马克思的家乡人馈敬马克思和全世界客人的珍品。不过两到特里尔，我却没有买到一本有关马克思故居的中国图书，哪怕一些有中文说明的图片，这使我感到困惑。并因此引发了我的一番浪漫主义的畅想，一番中国德国诗酒情的自咏。

节录如下：

"……在故居外面的街头饮品座小坐，忽然有了喝杯马克思家乡酒的念头，一杯饮后，却感到了一种莫名的苦涩。每年有十多万人造访特里尔，但是这里中文缺失，中国文化缺失，不过一则新闻使我再度兴奋起来。据说，还有另一处马克思故居，是马克思出生的老屋，现在是一家私人商铺，因为马克思的缘故，房主很愿意把这处故居卖给中国人。现时布吕肯大街十号的故居，曾遭纳粹破坏，战后德国社会党人购得此处房产，建成了马克思博物馆，那么另一处故居由共产党执政的中国人买下来是再完美不过的事情。不过，要是被谁买去开餐馆，或干了其他营利的买卖，那又是一个极大的不幸。因此最好由中国作家、诗人带动十万文学青年出手买下来，这将是一桩文化盛事、国家文化浪漫主义的展现。我祈愿用它架起一座中德友谊之桥，不论孔子学院，文化绿岛，还是文学论坛，'诗经园'，让德国朋友和来这里瞻仰的各国客人读一读马克思与中国，德国哲学、文化艺术在中国——从康德、贝多芬等先贤到现代作家诗人，陈列皇皇三层楼，定会使德国朋友们惊倒，从而奋起追先贤，续写歌德的《中德四季歌》，重温海涅的《孔子箴言》，继德国先哲、诗圣之后把中德文化的握手、两国人民心灵的交流，展现在当今世界多元文化共存共荣、人类文明共享的和谐中。

"此时此刻，想起德国人以酒飨诗的雅风，忽发奇想：中国人入主的马克思故居里，一定要设一处'诗酒论坛'，有相如、文君之才者坐堂、当垆，开坛论酒不卖酒，金樽银爵夜光杯，敞开中国的诗酒情怀，请来访故居的德国朋友、外国客人喝一杯（酒家登诗坛，上榜者飨客）。一杯酒，一卷诗——一杯五粮液，上下五千年，谷麦稻粮黍，天地酿琼浆；一瓢孔府家酒，诗君入席听《论语》。子曰'不学诗，无以言'，'不学礼，无以立'；一爵湘泉酒鬼，唱《九歌》，舞《山鬼》，端午祭屈原；一坛杜康酒，同唱《短歌行》，老骥伏枥，志在周公吐哺，天下归心；太白金徽剑南春，秦陇巴蜀飨诗人，蜀道秦州留名篇，李杜诗泽育

后人；宋河古越黄藤酒，一朝宋词竞风流。长句短句酒为媒，豪放婉约金樽里……（节录）

"请君饮，杯莫停，白干、茅台、二锅头，金樽盛国酒。酒始于民，诗兴于《风》。吴越桃花坞，三晋杏花村，酒无高下，饮者为尊；高士雅居，曲水流觞；瓜棚豆下，猜拳行令；壮士祭剑，农夫穰田，情系于心而寓之于酒，诗歌也。酒介寿眉，酒介喜庆，男婚女嫁，五谷丰登；山歌、花儿、采茶调，民谣俚曲皆国风。一碗伊犁曲，歌舞动天山；一碗青稞酒，'锅庄'舞翩跹；最是鄂尔多斯姑娘托银碗，一曲'蒙古王'，深情醉草原；更有红军遵义喝茅台，一路胜利向陕北；毛泽东陇上抒长征。一碗陇西白酒，洒向岷山千里雪，三军过后尽开颜；酒壮男儿豪气，李玉和有唱：临行喝妈一碗酒，浑身是胆雄赳赳。

"请君饮，莫停杯，诗酒论坛说酒品。西方酒，载《圣经》，中国酒，书《诗经》。酒乃圣洁物，饮者自有品。西方有酒格，中国有酒箴；人分正邪，酒分清浊。酒近诗而德馨，而高尚，而知家国，知民生，知善恶，知自然，知山水，知大道之行而和谐天下；酒近色则淫，近欲则贪，近利则私，近势则戾。腐恶之酒如饮鸩，死是必然。至于坊间良善，'感情铁，喝出血'，则属滥酒，滥酒伏祸当戒之。

"离开特里尔，别情依依。平生不尚酒，却喝了三杯'酒酣心自开'，抒了些中国德国诗酒情。诗哉，酒哉……"

写此文时，"国酒"已成为权钱交易的硬通货，洋酒也被富人们喝出了天价。如果中国还有酒文化，那只存在于普通良善和有德、有品的饮者之中。

第十篇（件）:《文明的纽带》(底稿、手抄稿各一件，文载《飞天》2008 年第 5 期）

德国西部古城施韦青根原是 18 世纪法耳兹选帝侯的夏宫，拥有 72 公顷的林地湖泊，"半城宫墙半城树"，是欧洲最美的园林之一。然而使我落下《文明的纽带》这个题目的不是它的景致，而是这个小城"城市之光"节的大宣示："一个城市，多种文化"，"多种文化是施韦青根的骄傲"，这个宣示被标志在街头宫阙、林间湖边。"一个城市，多种文化"，一个国家，一个世界，多种文化、不同文明的和谐共存，就是人类的共同理想。这个全人类的精神旗帜，由一个人口只有两万两千人的小城举起来，怎不令人起敬！

施韦青根人怎样展示了他们的多种文化呢？"……当太阳落下德法平原，夏日暑气尽消，节日演出拉开序幕……开场的宫廷乐舞别开生面。数十对扮演将军贵胄、公爵小姐和文化名流的古典人物在华尔兹的乐声中手牵手地从宫室走向广场，翩翩起舞。可谓'宫妆巾幅皆仙姿'，衣香鬓影，活色生香。舞罢，男人女人都可与盛妆的夫人小姐、公爵将军牵手挽臂地照相留影"；"……从进入夏宫起，万盏缀于宫阙门廊、湖水周边、林间幽径的大红灯笼就使我心热。中国是崇尚灯的国家，古时上元节张灯结彩，元宵夜放灯祈福，习传至今，元宵节也称灯笼节。对灯的崇拜日渐宗教化以后，灯就成为佛教的精神亮点，佛家《传灯录》或《五灯会元》一类的经典，都以灯喻'佛光普照''破除黑暗'的教义；不论东西方，灯都是凡人和宗教的圣火，我相信它已经看热了亚洲人的眼睛"；"……当我走向林间空地，令我骤然站定，为之心头一震的是一处赫然在目的清真寺，绿色圆顶上的一弯新月，在两边宣礼塔的拱举下跃向天空……在德国和周边国家走了很多地方，施韦青根的清真寺是我的首见。在西欧这些欧洲文明的腹地，基督文化的殿堂之域，一座清真寺的存在就具有不凡的意义，天主和真主比肩而邻，两大宗教彼此的包容性，应是小城大宣示的主题……"

然而，这并不意味着世界已经处于一个文明包容共处的时代，世界和平远未到来，战争每天都在发生。我写《文明的纽带》时，北约肢解社会主义南斯拉夫的战争还未结束，今日夏宫，一批波黑难民在和美国驻德国的军人的歌舞演出，使我思绪万千。

"……从进入夏宫起，就在多处演出场地上看见从萨拉热窝等地来的难民，都是妇女和儿童，他们被安置在多处有遮阳顶棚的座位上。经过战争灾难的德国人会善待这些难民，但他们失去了家园，妻子失去了丈夫，母亲失去了儿子，他们的目光是忧戚的。他们穿着伊斯兰长袍，遮着面纱，戴着盖头；揭去面纱，露出白皙的满月脸盘，怯生生地望着眼前这个暂时栖身的世界；同现今日夏宫的是主导北约的美国在德国驻军的演出。许是来自不同的基地和兵种，不同颜色的服装，说明有陆军也有空军，男男女女，提着手提箱、乐器盒，静待登场……

"我曾经是一个中国的军人，从50年代漫画中的麦克阿瑟到后来电影中的巴顿将军……从80年代看《魂断蓝桥》和后来的《拯救大兵瑞恩》，我对美国军人有一个渐进认识的过程。但面对面地见到真鼻子真脸的'美国大兵'，却是第一次。我承认他们都是现代的标准军人，被世界一流设计的军装装束起来的美国大兵，颇有军人风采。他们有的文静，有的腼腆，有的矜持；而一批女军人则可说是靓丽得妩媚动人……他们很会表现他们的特色文化，'踢踏舞'踩得舞台山响；女兵们脱去卷边帽，金发飘飘，男女挽臂搂腰，前进，后退，左向，右向，嗷嗷嗷，呦呦呦……一种男女混合的摇滚歌舞，欢快了演出场……

"……面对这样一群活泼的美国大兵，我承认我的感情是复杂的。他们穿上迷彩服，坐上战机，就是美国战争机器上的螺丝钉，会扣下扳机，按下电钮去杀人。不错，军队是国家磨砺的剑，中国也一样，不同的是中国之剑只悬于自己的国门海疆，而第二次世界大战后美国发动的战争，都是在他国的土地上进行的不义战争。两次世界大战使美国载满了荣誉，美国的年轻人是'胜利者'的文化意识哺养的，如果战败，美国只计算自己花了多少钱，死了多少人，而很少反思被战争蹂躏的他国人民遭受了怎样的苦难……美国战争机器是一头受垄断资本利益驱动的怪兽，而眼前舞台上活泼的年轻人则个个是可爱的。他们的先辈们有过为反侵略而战的光荣历史，那些在中国的抗日战争中牺牲于'驼峰航线'的美国飞行员，至今还留有白雪掩埋于滇藏雪山的白骨。我曾在一处二战时滇缅公路的遗迹地，向立于斯处的美国飞行员纪念碑深深鞠躬。对美国军人，中国人敬之有故。然而，抗美援朝战争至今，仅仅因为美国的原因，我的祖国还未实现完全的统一，因此，一个爱国的中国人，对美国军人虽敬之有故，爱之则不易。"

今日夏宫，也许只有"我这个中国人，在台上台下的欢动中心事浩茫，静观一隅"，只是在清真寺广场看到了小亚细亚的土耳其有东方韵味的土风舞，"长巾遮面半露睛"的闪注，手鼓、手铃、红靴子，使我从浓浓的欧美文化的氛围中回到了东方。虽然没有看到中国的民族歌舞，比如新疆的龟兹乐舞，但我并不遗憾，而是沉浸在"思接千载，视通万里"的感奋中。

"上溯世界史，底格里斯河和幼发拉底河的两河文明，随着东起波斯，西至埃及的亚述、巴比伦王朝的兴起而传播；美索不达米亚平原——古代中西文化的中间结，一端系在中国，一端系在欧洲；大月氏（赛西亚人）和匈奴人沿着森林草原的边缘向西迁徙，打开了欧亚大陆的最初的通道，还在希腊、匈牙利建立了王朝，而东来的印欧人（欧洲的先民）也在中国留下了移民，我的家乡甘肃省的祁连山麓有个永昌县（古称骊靬县）就有东征中消失的古罗马军团的后裔；而衔接天山帕米尔高原的绵绵祁连山，正是大月氏和匈奴人西迁的出发点，近年来不断有匈牙利学者到祁连山裕固族中寻找血亲。

"汉使张骞通西域开启了丝绸之路，使东西方民族交往的历史得到确认。东西方民族互相征伐的创伤因文明的互惠和文化的交流而平复。一种文化，联系着一个民族、一个国家，文化使不同民族和文明之间的距离缩短了。东方文化离西方很近的时候，也是西方文化离东方很近的时候。

"数年后又履德国山河胜迹，往访夏宫。然而在短短的几年里，世界发生了让人类沉思百年的变化。由波黑战争演变的科索沃战争已经结束，这场战争中竟发生了让世界震惊的美国飞机轰炸中国驻南联盟使馆的事件，在中国人心灵上刻下了无法忘却的伤痛。丘吉尔有说：'巴尔干人创造了太多的他们无法承受的历史’，其实，正是欧美列强的博弈创造了巴尔干沉重的历史。这个历史又续写了一章，但还远未终结。

"歌德有言：和平的信息不能由乌鸦来传递。一场侵略战争不会因‘民主’‘人权’一类价值观的包装而变得正义起来。美国人在伊拉克陷入了看不见天明的黑暗，而且，这场战争挑起的民族冲突、教派仇杀愈演愈烈。伊拉克——中国历史上称为‘大食’的两河文明、巴比伦空中花园的遗迹上，战争制造了无数废墟和‘哭墙’；数百万难民逃离家园，终有一天他们会拍着烧焦的故土问：‘谁之罪’？值得欣慰的是对这场战争，德国的施罗德说‘不’，法国的希拉克说‘不’，一字千钧，让世界醒目。德国政治家阿登纳说过：欧洲不能落得只仰仗美国人的地步……"

我对施韦青根"城市之光"节文化主题的解读，也许太过感情化甚至一厢情愿，但这正表达着一个中国人对中德文化互信、世界文明共生的期望。我甚至想，"如果施韦青根和我的籍贯甘肃省号称小麦加的临夏市结成姐妹城，看看那里绝不比欧洲城乡的教堂少的大大小小的清真寺，感受一下回族人民礼拜的盛典，也许会使普通的德国人少受些关于中国的‘宗教自由’这类话题的迷惑"。

在地方刊物中我选了发表于我长期任职的《飞天》的《文明的纽带》一文手稿，心有留念之意；也想以此篇为引，略陈我的散文观。

作品是作家的镜子。对于以真实为基本原则的散文更是如此。作家的思想境界、人文情怀、艺术个性，无不充盈在字里行间；文学又是与作家的世界观、人生观、价值观、艺术观生命一体的事业，刘勰有言："吐纳英华，莫非情性"；散文更见作家的真性情。感谢新中国文学使我还在一个文学青年的时候就懂得了这个道理。写《文明的纽带》时已年近古稀。参加革命数十年，党和人民培育了我坚定的马列主义、毛泽东思想的信念，坚守社会主义的价值观；而生活阅历则给予了我厚赐。我出生在多民族的甘肃省，历史上大月氏西迁欧洲、罗马军团消失在骊靬县的故事都发生在甘肃的河西走廊。我走过丝绸之路中国最西端的帕米尔高原，也走过滇缅公路，还到过荷兰阿姆斯特丹——被视为亚欧大陆桥的"西车站"，最重要的我曾经是一个革命军人，这些人生阅历都自然地生发成我的思想感情结晶进入字里行间。夏宫所见景象只是客观生活，不同思想的作家会有不同的解读，写出不同主题的作品。如果是一个美国作家，会怎样写那些"美国大兵"和战争难民呢？当然我对"散文是作家的镜子"说的理解，只是一己之见，"文章千古事"，各有属于自己的镜子；"镜子"已经面世，社会、读者怎样观照它，已不是作家自己所能主导的了。愿各有千秋。

《文明的纽带》是上世纪末、本世纪初两去德国时记录、写成、改定的。文不虚作，言之有物，言之有据，不敢马虎下笔；我写此篇时读了相关的欧洲和中国的史著；这是另一个层面的问题，也许和散文的"真实"说有些关联。

写完这封陈情信，记了些想记的事，说了些想说的话，自感欣慰。党的十八大后，在中国作家的中国梦、文学梦挂起风帆远航的今岁、今时，伏枥老骥，也还有一番壮心跟随传承中华文化血脉，不忘乡土不忘根、不忘家国民族的人民大众的中国文学远行。至于手稿，尤其是90年代以来的散文手稿留下一些完整的篇章，不瞒诸位说，得益于我是一个"电脑盲"；不会使用现代化的写作工具，这使我多耗了很多精力。不过也有一得，就是手笔操作，可以留下一些用功的纸上遗迹（比如一个字句的涂涂改改）。我不是一个能下笔千言的作家，我的写作大半是无数次地反复写开头，写到中间，也常常推倒重来，直到理顺了文章气韵，文思贯通才成篇，然后不断地修改。"语不惊人死不休"的精神对为文者都是一种启示，当然，这并不是说我写出了什么惊人之句。

文章改定后抄清，我都抄得十分工整，因为街面上的打印社大半是些小姑娘操盘，一笔一画写清楚，还经常带着字典帮助查字；打出字来，通常有三分之一的是错别字，然后我要校对五六遍才能印出来。打印出来的文稿，看起来很清爽，我还得感谢电脑。而这只是90年代后街面上有了打印社以后才能享有的清爽。我曾是一个投过稿的文学青年，也是一个蒙中国作协授予文学期刊编辑荣誉奖的老编辑，很知道稿件工整清爽的重要性。

我不知道现在的电脑除了光盘，能否留下手写的笔迹，我指的是手稿原件，不是复印件。如果电脑现在还不能留手迹原件，那么像我这一辈老人的手稿，不论文章高低，留下中国汉字的众多笔性、笔体各异的书写手迹，对丰富我们的后代回归汉字书写文化时的历史记忆是有用的。说远了，就此打住。

2014年9月于北京

《飞天》创刊 40 周年纪念会上的发言

诸位同志：

诸位给予过《飞天》关怀支持的领导同志们：

诸位曾经以优秀作品为《飞天》压卷增辉的作家艺术家们：

诸位情同手足、如兄如弟的编辑界的朋友们、同事们：

在庆祝《飞天》创刊 40 周年的这个盛会上，我以与《飞天》同过忧患，共过甘苦，耕耘过，收获过的老编辑的忠诚，献上我的青春年华、壮年岁月凝结的一瓣心香。

树，有年轮；人，有年龄；刊物有刊龄。岁月记载成长，展示明天。1987 年 12 月，我在《飞天》卷首写过一篇短文，题目是纪念《飞天》200 期。

两年多以后的今天，在省委宣传部，省文联党组、主席团的关心支持下，我的继任者们以珍重历史、敬重事业、展望明天、把控未来的精神，为《飞天》40 年历史而增加了荣耀……从而使 40 年间前后为《飞天》效过力的同志们无限欣慰。

历史是继承的，历史更是发展的，有了前浪也有了后浪，才奔流出历史长河的壮阔形色。今天的《飞天》40 年庆，是一个凝聚友情、携手明天的机缘。一起共事过的编友们，乃至文艺界的朋友们，每个人都会从历史的回忆中记起些值得永远珍重的宝贵。如果说历史是人生的回音壁，那么它在我心中回响的是那些难忘的和编友们共事的岁月中，凝聚着我们力量的团结友爱、同舟共济的情谊。虽然每个人在编辑岗位上共事的日子有长有短，然而因为有了团结和友爱，我们共同度过的哪怕短暂的日子，也变得和《飞天》40 年的历史一样绵长和久远。

1957 年 10 月，我，一个 26 岁的部队报纸的编辑、记者，一个受过甘肃省文联和《陇花》栽培的部队业余作者，转业跨进了当时的《陇花》编辑部，开始了文艺编辑生涯。那时的文联主席是曲子贞同志，副主席是岳松、李秀峰、朱红兵同志。编辑部负责人是林草、清波同志，他们都是我来到地方文艺界的第一个上级；1961 年西北局兰州会议后，兼任中国作协兰州分会党组书记的吴坚同志和李季、闻捷、李秀峰一起主持了省文联与作协兰州分会的合并，主持了《红旗手》停刊休整和《甘肃文艺》的筹备出刊。此后近 30 年中，我一直是在编辑部的领导岗位上度过的。回首走过的路，无疑，有一些走偏的脚印。组织和我的领导们给了我经常的、公允严肃的、有时甚至是严厉的批评，同时又予我共产党人的政治的思想的关怀和友爱。这是我和刊物同步成长的精神之源，是永远不能忘怀的。

同志们，40年，30年，在历史的长河中只是一瞬的时光，然而在一个人的一生中却是半生岁月。作为编辑，我和共事过的编友们，也有过为他人作嫁衣裳的叹息，然而，更多的是博采了艺术英华的欣慰，更多的是珍重与甘肃老中青三代作家建立起来的深情厚谊。这些，使我们不论忘却什么，却总是记着那些作者的面容，作品的篇名，乃至记着作品中的人物，如数家珍。这就是编辑奉献的挚情，只求为每个作家扬起的艺术之帆助一路春风。而在"文革"那种特殊的时期，编辑又曾为我们的作家承担过责任，遮挡过风雨。编辑和作者的友谊之树是常青的。

编友们，今天我们会聚在一起，这个时光堪为珍贵。大家都带着自己的荣耀、光彩走来，就是彼此间无言的鼓励。30余年中我们共事过诸多编友，《陇花》时期的林草诸师长等等。从1961年以后的近30年中，又有曹杰同志以及何春刚、金艺多、肖弟、谢昌余、汪玉良、王鹏、于辛田、雪犁、曹仲高、杨忠、郗惠民、朱冰、罗承力、余斌、段玫、张风林、樊威诸同志，先后离开编辑部，去新的岗位上建树功业；而徐绍武、王家达、景风、王守义、张锐诸同志去了专业创作组，数年来各有硕果，为编友们添了荣誉。而仍然坚持在编辑岗位的同志们，则是我们大家精神所寄的平凡英雄。他们坚持文艺的"二为"方向、"双百"方针，坚持"立足甘肃，面向全国"的办刊宗旨，在党的领导与四项基本原则的指导下，使刊物保持了健康的面貌，在新的时期，有了新的开拓。李云鹏、张书绅、李禾、冉丹、李学艺、文岩、何来、马芳华、李文衡等先后走上《飞天》编辑岗位的一批中青年作家、诗人、评论家、美术家，他们已经进入一个新的发展期，正在负重而行，开拓《飞天》90 年代的新业绩。我衷心地祝贺他们成功……

同志们，我们健在的人们当然能够继续事业的追求，而已经逝去的李季、闻捷、李秀峰、岳松、高明与诗友、编友师日新同志，他们理解编辑，珍重编辑……怎不令人深深忆念！

让我们用"团结就是力量"这个时代的呼唤，使《飞天》40 周年庆成为文艺界同志们长相忆的一个团结友爱、鼓舞事业的日子，使它的精神之光，化为一束《飞天》50 年庆时献给甘肃文坛的鲜花。

谢谢领导和同志们听我的发言，很高兴看到我在部队时的老师陈宇风、赵戈同志来参加这个盛会。也希望编辑部的同志们向 1958 年至 1979 年 20 年内领导过刊物工作的徐刚同志送去编友们的感谢。

在结束我的发言时，我想起吴坚同志在总结甘肃文艺工作经验时的一个希望，就是甘肃文化底子薄，力量弱，但是团结起来就能做出很大的成绩。

在《闻捷全集》出版座谈会上的开场白

同志们，在座谈会正式开始前，我向大家介绍一下与会的领导和文朋诗友。很多与会同志彼此生疏，稍微详细介绍一下是必要的。

介绍或先或后，有形无序。所谓有形，是按方面依次介绍；所谓无序，就是对于诗人、作家、评论家们的介绍未按职位高低、成就大小，而是老者在前。这当然也是求其大体，比如，老同志中有诗人作家；作家、诗人中也有老同志。另外，会场四面都有会标，没有特定的主席台，作家中有领导，领导中有作家。总之，未见十分周到。疏漏之处，请多原谅。

现在我简短发言。

为了后面的同志发言有充分的时间，我只念一下发言题目：

《老革命的闻捷，兄长般的诗人》，并稍作说明：

　　发言中我叙述了一件使我抱憾 30 余年的事情：1969 年文联、作协解散，《甘肃文艺》停刊，我们一批人到了北湾干校。那时党员虽未重新登记，但每月交党费，无疑还是党员。干校派人外调，必须两名党员同行，我和老革命陈伯希同志到了上海。在上海停留了三天，我们只用了一天中的一个小时了结了外调任务，还有两天时间，伯希去看望老战友，我去看望闻捷。我用一天时间打问到了闻捷的住处，第二天找见了诗人的家。诗人的妻子、陕北女子杜芳梅同志"文革"开始就含冤去世，两个女儿去了黑龙江插队，家里只有十多岁的小女儿咏梅，满目凄凉。闻捷新年也未放假，去拉练了。我留下一纸问候，怅然而归。第二天我们离开了上海。数天后，干校又有同志路过上海去看闻捷，他已含冤去世。按时间推算，当是在我去看望他的第二天或第三天。时隔永世，终未见一面，使我抱憾终身。《闻捷全集》的出版，是对中国诗歌史上一次精神创伤的平复。我的发言中有几句韵文，在这里念一下：

　　　　才华屈未尽，无路入黄泉。

　　　　诗魂归仙处，崔嵬见天山。

　　　　天山高峻极，并肩宝塔山。

　　　　一声信天游，诗人回延安。

　　我的发言完了。

相聚《天下酒鬼》

【题记】本文是应约《天下酒鬼》报的回信，热情的编辑将它发表了。原信有些疏漏，也有些排印中的差错。我作了些补正后编入文集。

接到新一期酒鬼报，夜灯之下，通读了一遍。我曾言及，对湖南我有一份特殊的感情。湘人左宗棠任陕甘总督，主甘三年，兴工业，办教育，留下了彪炳史册的政绩。他的湖南老乡、接替他领军大任的杨昌浚有诗："大将戍边尚未还，湖湘子弟满天山。新栽杨柳三千里，引得春风度玉关。"谭嗣同在陇地来往数次，留下很多铁血诗篇；毛泽东长征到甘肃，在通渭县榜罗镇写下光辉诗篇《长征》；彭大将军在兰州东校场发布向新疆进军的命令，我当时是个 18 岁的小学教员；胡耀邦走遍甘肃的山山水水，提出种草种树、治穷致富的号召，亲为甘肃采集草种，带动了全国亿万青年。我两走湖南，两去韶山；也曾在岳麓书院大门前，在"惟楚有才，于斯为盛"的八个大字辉照下，留下一张虔诚崇敬的照片。"文革"中我是《甘肃文艺》的负责人，对我的批判语是"刘少奇的党员彭德怀的兵，周扬的喽啰黑线的人"，所以，我对湖南文学院那组和毛主席一起的湘籍文坛巨擘、新中国文学领导人雕像中独缺周扬十分遗憾。湖南作家中，谭谈、谭元亨有过交往，孙建忠、彭见明同志请我和高平、何来聚餐于文学院，萧育轩是很早见于中央级大刊的小说作家。我有一位湘籍好友朱奇——青海作协主席、诗人散文家，多次在一起开会，湘人性格，令人敬佩。

　　《天下酒鬼》以文会友，是一处胜景，一座老文友聚首的长亭，以第六期为例：张文是我的甘肃临洮老乡，尹一之是我为青年作者时《诗刊》的编辑；谢其规是我做编辑时多有稿件来往的诗作者。《天下酒鬼》在做一件作家们交口称赞的事，我对《天下酒鬼》的看重，就不必多说。

致谢感言

今天的聚会，是我向给我文学生涯中诸多帮助的同志们的致谢之约。我约请了《飞天》《丝绸之路》，省市报纸的新老编辑，感谢在我的文学生涯中给予的帮助，感谢在我的两卷诗文集出版中给予的帮助！我不开研讨会，这是一个赠书的会，请同志们接受我的谢意，这就够了。

我向《飞天》的新老编辑同人们致谢。有相识于50年代的谢昌余、汪玉良、朱冰，六七十年代的王家达、何来、杨忠、景风。能约来的都约来了。于辛田等老友，或年事已高，或身体不适而未来的同人，我都一一电话致意。50年创业维艰，风雨同舟，不容易。而八九十年代先后进入《飞天》的王柏原、张平、魏珂、马青山、张存学、高凯、阎强国衔接"80后"的一代新《飞天》人，承前启后，薪火相传，互相提携，精诚团结，应对当代文学的挑战，令人欣喜。我要说的是，在我的一些文章中，记事，留史，同志们增加了我的文章的底气，我感谢你们！

我向省市几家报纸的编辑同行们致谢！今天在座的吴辰旭、梁胜明，我们一报一刊共同在批判"四人帮"的第一线携过手，还有李树菜同志，我很敬佩。而这十多年中，每当我心里有话向乡亲父老倾诉时，《甘肃日报》《甘肃农民报》《兰州晨报》《兰州晚报》都赐予我大块版面。甘报登过《陇上狂人周年祭》，请牛庆国代表你们接受我的致意！《兰州晚报》登过《天鼓大音》（太平鼓）、《贫不薄文》，特别是《陇上文坛四君子》，农民报连载，晨报综评，晚报破例用两版篇幅刊出，比发在《人民文学》更感精神。这不仅在于对四个草根诗人作家的肯定，更重要的是，表达了新中国农民文化翻身的历史，是一声对人民的大众文学的呼喊……今天曹仲高、娜夜、雷媛、赵武明等责编光临，我有十分谢意。我是老编辑，接受过很多谢意，我的谢意一样，是一个作者对责编的谢意，同样的真诚。

我向季成家教授主持的《丝绸之路》的全体同志致敬！和老友季成家相识于1958年。1960年参加了全国文代会，我和他是文研会代表的创始会员（汪玉良是作协二代会代表）。他安排年轻编辑们为我尽了很多心，包括查抄资料（如甘报的头诗）等，我记在两本书的"后记"里。在成书过程中，我经常改这改那，不厌其烦。所以编排成现在这个样子，大体像个书，是《丝路》之助也。

我向为我两本书代序、代跋及著有评论文章的季成家、张明廉、高戈、谢昌余、何来、彭岚嘉、苏震亚同志致谢,感谢你们的批评指正。

我向为我的书装帧设计的文岩、张曦、陈青致谢!作品不论好坏,印制还是精当,因此,也向印刷厂郜国庆及其他同志致谢。国庆节我给国庆打了五次电话,嘱咐把好质量关,也倒过版。

我向今天在座的文联办公室、党总支、老干处的郑怀博、刘满才、赵艳超、张卫星致谢,你们尊老敬贤;通过你们向文联领导、行政人员致谢意。

我的最深沉的致敬,是我对生养我的家乡人民、滋养我革命精神的部队、培养我在文学岗位上敬业的党的感恩,对新中国、对社会主义的感恩,因此,我把500套书分赠给全省市县,大中学校的图书馆。

感谢省教育厅的白继忠厅长、省文化厅的王兰玲副厅长关心安排赠书事宜!感谢省教育厅装备办副主任张莉军和省图书馆郭向东馆长代表两厅与会!感谢诗友、原省教委负责同志孙一峰给予的帮助!

谢谢诸位!

主 编 寄 语

　　作家有作家的意识，编辑家有编辑家的意识，它们既相通又相异。编辑更看重编辑意识。

　　作家追求的是自己艺术创造的个性、风格和对某种流派的崇尚，而编辑家追求的则是多种艺术个性、风格和流派的群体大观。

　　编辑家很多不是作家。作家在具有编辑意识之前，也未必都能成为编辑家，不知经验是否已经做过这样的证明？

原载天津《小说月报》1987 年 12 期扉页

杨文林生平纪事年表

1931年7月15日（辛未年六月初一），生于甘肃临洮县一户耕读世家，幼入私塾，自幼喜欢读书。家族中姐姐、姐夫都是读书人，对他影响很大，帮助他识字，读古文书，《百家姓》《三字经》《弟子规》，并读完了"四书"中的《大学》。

1944年（甲申年），插入本乡新建的国民实验小学四年级读书，喜爱国文，小学时的作文获学校表彰，参加小学抗日演讲获一等奖。以国文第一、算数第二的成绩小学毕业。除此以外，小小年纪就在农田里跟着大人们干农活。

1946年（丙戌年），独自离开家乡到兰州，因家庭条件所限，求学未果，后考入西北抗日报社做学徒。在报社当小工、拣字、排字，这个过程更加激发了他对文字的喜爱和激情，从此走上了勤学苦读的文学人生之路。

1948 年（戊子年），不满 17 岁即以"文林叶"的笔名在兰州的《民国日报》和《和平日报》上分别发表诗歌处女作《雨天》和散文处女作《买杏》。

1949 年（己丑年），8 月 30 日报名参加中国人民解放军，进入第一野战军后勤学校政治文艺科学习；结业后担任军报编辑、记者和文化助理员等工作。

1950 年（庚寅年），1 月参加工作，分配到一野后勤政治部，11 月 2 日转入西北军区司令部第一野战军政治部。

1952 年（壬辰年），12 月领取西北军区后勤部办公大楼入楼证，证号 2601。部长张贤楼前向全体队伍训话：爱护公物，关门不许有响声等。

1954 年（甲午年），6 月入团。12 月 5 日列席参加甘肃省文联第一次文代会的召开和省文联成立及第一次作代会的召开，以及中国作协兰州分会的成立。

1955 年（乙未年），9 月授军衔少尉，翌年晋升中尉。

1956 年（丙申年），《延河》1956 年发表诗《东郊夜晚的红星》。1956 年 2 月于《星星》创刊号发表组诗《将军的话》《战士的心》《她走了》三首。1956 年 12 月在 XX 汽车营入党。

1957 年（丁酉年），《人民文学》5 月号发表组诗《响在田野上的短笛》，包括：《春耕》《采桑女》《你问中国农民的形象吗》等。1957 年 12 月 23 日受领中华人民共和国国防部转业军人证明书，甘干转字 021103 号。转业到甘肃省文联。1957 年参加了《甘肃文艺》《陇花》的编辑工作。

1958 年（戊戌年），6 月 23 日省委宣传部划分杨文林在文联工作。12 月受领中国人民解放军预备役军官兵役证。颁证者为国防部长彭德怀。军衔中尉，证号 132058。

1959 年（己亥年），5 月获科教文系统先进工作者奖状。9 月于《诗刊》发表组诗《敦煌棉田曲》两首。本年在《红旗手》发表评论《不断革命的赞歌》。

1960 年（庚子年），7 月，参加中国文联第三次代表大会，任代表团秘书组负责人（团长李季、副团长闻捷、常书鸿），以中国民间文艺研究会代表身份，与林草、季成家三人参加了民研会成立大会，为首届会员（会员证号 1906）。三次文代会期间召开了作协二次代表会。会议期间，多次参加了李季、闻捷和田间、郭小川、阮章竞、贺敬之、张志民、瞿希贤等人的聚谈。12 月领甘肃省文联工作证，证号 001。

1961 年（辛丑年），5 月担任编辑部副主任、理论组组长。本年在《甘肃文艺》发表评论《不断革命，推陈出新》。

1962 年（壬寅年），参加由省文联、作协兰州分会、《甘肃文艺》邀集的省市文艺界 40 余人会议。

1963 年（癸卯年），3 月于《人民文学》发表诗歌《车辙》。

1965 年（乙巳年），《甘肃文艺》负责人。

1966 年（丙午年），"文化大革命"的冲击波及到各个角落，《甘肃文艺》负责人杨文林被当做"修正主义分子"关进"牛棚"受到打击批斗。

1967—1970 年，在"五七干校"下放劳动。

1971 年（辛亥年），本年 11 月创作新古诗《四川小吟》四首。

1972 年（壬子年），为纪念毛泽东《在延安文艺座谈会上的讲话》发表 30 周年，甘肃省革命委员会成立了"5.23"办公室。办公室下设的文学组由杨文林主持，并举办了创作学习班。

1973 年（癸丑年），1 月《甘肃文艺》被批准复刊，杨文林为编辑部负责人。

1974 年（甲寅年），4 月—6 月《甘肃文艺》编辑部由杨文林主持在兰州友谊饭店召开文学创作会议。12 月至次年 2 月《甘肃文艺》编辑部在兰州战斗饭店举办创作学习班，由杨文林主持。后期，驻文化口工宣队在编辑部组织所谓"文艺黑线回潮批判"，刊物负责人杨文林第二次去"五七干校"。

1975 年（乙卯年），3 月中旬—5 月 10 日《甘肃文艺》编辑部在兰州战斗饭店举办创作学习班，由杨文林主持。1975 年 11 月至次年 1 月《甘肃文艺》编辑部在兰州战斗饭店举办创作学习班，由杨文林主持。

1976 年（丙辰年），参加并主持《甘肃文艺》编辑部与甘肃日报社、省电台多次狠批"四人帮"罪行座谈会。

1977 年（丁巳年），1 月写成新古体诗《心者》，随后刊载于《甘肃文艺》。

1978 年（戊午年），5 月《甘肃文艺》复刊后杨文林任编辑部负责人。10 月 11 日《人民日报》转载由杨文林主持撰稿，王家达执笔，杨文林、王家达、余斌三人的署名文章《〈红河激浪〉何罪之有？》。11 月至次年 1 月《甘肃文艺》编辑部在兰州战斗饭店举办创作学习班，由杨文林主持。话剧《西安事变》创作组应邀参加了学习班。12 月 29 日省委宣传部任命杨文林任省文联副秘书长兼《甘肃文艺》总编辑。

1979 年（己未年），3 月，作协甘肃分会、《甘肃文艺》编辑部在兰州军区第一招待所联合举办"甘肃小说创作座谈会"，会议由杨文林主持。4 月—5 月作协甘肃分会、《甘肃文艺》编辑部在兰州联合举办作品讨论会，讨论会由杨文林主持。同时，受省人民出版社文艺编辑室委托，编选由甘肃人民出版社出版的建国 30 年《甘肃短篇小说选》《甘肃散文特写选》《甘肃诗歌选》《甘肃儿童文学选》。杨文林任总审主编。5 月《甘肃文艺》编辑部与《甘肃日报》文艺部联合召开诗歌创作座谈会。会议由杨文林、李树茶、吴辰旭主持。9 月《甘肃文艺》编发诗专号，杨文林诗作也在刊发之列。12 月参加全国第四次文代会及第三次作代会，任甘肃文代会代表团副秘书长并加入中国作家协会。四次文代会会期 15 天，期间，参加了马烽同志发起的黄河九省区作家参加的集会，商定 1980 年开始每年举行一次黄河笔会。山西、河南如期举行，从山东中断。

1980 年（庚申年），9 月在甘肃文联第二次文代会、作代会上，分别当选文联、作协副主席。10 月 9 日省委批复杨文林为党组成员。12 月 26 日—30 日杨文林出席定西地区文学艺术工作者联合会第一次代表大会开幕式。

1981 年（辛酉年），2 月参与组织决定《飞天》创办"大学生诗苑"专栏。3 月 30 日经省计划会议决定，省文联宿舍楼列入全省基建项目计划，正式上马建设。杨文林为组织筹备该基建项目人之一。4 月 24 日被推荐为中国当代文学研究会甘肃分会理事会顾问。7 月组织并参加了中国作协副主席冯牧与省文联、《飞天》

编辑部工作座谈会。出版诗集《北疆风情》（甘肃人民出版社）。

1982年（壬戌年），5月24日—25日，杨文林出席为纪念《讲话》发表40周年举办的题为"阳光、生活、理想"的诗歌朗诵音乐会。6月写成了新古体诗《与李禾访问农民诗人张国宏》。9月13日文联党组会议决定杨文林任省文联业务职称评定委员会副主任。11月1日—12月4日参加并主持了作协甘肃分会、《飞天》编辑部在兰州举办的少数民族文学创作讲习班。

1983年（癸亥年），1月《飞天》发表由杨文林撰写的本刊评论员文章《指引我们前进的精神力量》。1月7日受文联党组之托主持兰州文学界讨论徐敬亚《崛起的诗群》的座谈会，发表了《关于现代诗问题的意见——现代诗歌的主流不能脱离现实主义轨道来运行》。撰写以《飞天》编辑部名义发表的刊论《指引我们前进的精神力量——学习邓小平同志四次文代会祝辞的体会》。4月16日参加《甘肃美术家画廊》成立座谈会。6月16日参加并主持作协甘肃分会、《飞天》编辑部举办的全省部分青年作者作品讨论会。7月5日—14日受邀参加平凉地区文联、文化局、工会、群艺馆联合举办的诗歌讲座。7月参加并主持了作协甘肃分会、中国当代文学研究会甘肃分会和《飞天》编辑部联合举办的甘肃首次青年作品讨论会。中宣部《文艺通讯》和《中国文联通讯》等报刊予以报道。9月15日—10月30日主持并参加了作协甘肃分会、金川有色金属公司、《飞天》编辑部联合举办的"飞天笔会"。11月28日—30日主持并参加了《飞天》编辑部连续召开的小说、诗歌、文艺评论座谈会。12月23日—24日参加兰州铁路局召开的"铁路文协"成立大会。12月参加中国作协举办的优秀短篇小说初评会。

1984年（甲子年），1月7日主持《当代文艺思潮》在兰州召开的讨论徐敬亚《崛起的诗群》座谈会，发表了诗歌现代主义和现实主义等相关议题的意见。2月22日参加并主持省文联召集部分文艺工作者、理论工作者学习胡乔木同志的《关于人道主义和异化问题》的学习会。4月14日到会祝贺省电子工业部所属的"神剑文学艺术学会甘肃电子分会"成立大会，并被聘为特约顾问。12月29日参加中国作协第四次代表大会，并当选中国作协第四届理事会理事。

1985年（乙丑年），1月18日参加省委领导接见汇报会。1月31日—2月2日参加作协甘肃分会在兰州召开的理事扩大会议，并在会上传达了中国作协第四次代表大会的会议精神。5月5日—6月5日参加作协甘肃分会、《飞天》编辑部联合举办的1985年度文学（短篇小说）讲习会，业余文学作者40余人参加学习，并为学员授课。5月14日参加1984年度《飞天》在兰州举行的文艺评奖颁奖仪式。6月25日参加省文联、作协甘肃分会在兰州举行的"甘肃省第二次优秀文学作品颁奖大会"。7月26日—31日参加由陕西、甘肃、青海、新疆、兵团文联、西安、天山电影制片厂等单位在伊犁联合举办的首次"中国西部文艺研讨会"，并作了《西部文学：寻求面向未来的旗帜》的专题发言。8月8日—17日参加以中国文联委员、中国作协副主席、冯牧为团长的中国文联、中国作协作家艺术家访问团相关活动。8月21日—9月15日参加省文联、作协甘肃分会在临夏举办的"全省少数民族笔会"。9月被中国当代文学研究会甘肃分会聘为顾问。11月5

日—7日参加省文联、美协甘肃分会共同主办的"甘肃省第二次美术作品评奖"会议。本年写成新古体诗《渭源伍竹行》。

1986年（丙寅年），2月22日—25日应邀出席兰州军区创作会议。5月9日—6月10日出席作协甘肃分会与天水、陇南、定西三地文联联合在天水市举办的"文学创作笔会"。5月26日—6月9日在临夏参加由临夏州委宣传部、州文联、文化局联合主办的第二届"回族文学笔会"开幕式。9月2日—6日参加在兰州召开的由省文联、作协甘肃分会主办，《飞天》编辑部承办的"西北五省区文学期刊编辑工作座谈会"。11月13日参加中国作协四届二次会议。

1987年（丁卯年），9月2日—22日参加并主持由作协甘肃分会、《飞天》编辑部、定西地区文联共同举办的"定西地区小说笔会"。12月获中国作协颁发的从事文学期刊编辑工作25年以上的老编辑荣誉证书。同年获国家新闻出版署、中国出版工作者协会颁发的30年以上编龄的老编辑荣誉证书。本年12月在《小说月报》发表《主编寄语》。

1988年（戊辰年），3月12日参加由平凉地委宣传部、平凉地区文联联合主办的"平凉地区首届崆峒文学奖"颁奖大会。3月31日中国文联出版公司复函甘肃省文联，希望甘肃文联成立的"甘肃图书编辑部"，由武玉笑、杨文林负责。4月获中国作家协会颁发的全国文学期刊编辑荣誉奖证书。5月赴中国作协深圳创作之家开会。期间写新古体诗一首。7月组织参加甘肃作协、《飞天》编辑部联合举办的陇西笔会。9月组织参加了甘肃作协、《飞天》编辑部联合举办的凉州笔会。11月出席中国作家协会四届三次理事会。获得编审任职资格（1991 年由甘肃省人事局颁发证书）。12 月参加作协甘肃分会、《飞天》编辑部、《甘肃工商报社》联合举办的"金城迎春诗会"。

1990 年（庚午年），3 月 12 日参加省文联召开的学习《邓小平论文艺》座谈会。8 月 10 日参加省文艺界庆祝《飞天》创刊 40 周年大会，并作发言。12 月 3 日—5 日参加甘肃省文学艺术工作者第三次代表大会，并当选副主席。

1991 年（辛未年），11 月组诗《南梁庄里的天·诗之祭》获甘肃省文联、省作协颁发的优秀作品奖证书。

1992 年（壬申年），1 月 20 日出席省文联第三届主席团会议。6 月获聘为甘肃省出版专业职务评审委员会编审证书。

1993 年（癸酉年），3 月 23 日省文联党组第二次会议决定，杨文林担任《飞天》编委会委员。7 月诗歌《风雨碑前》获中国当代诗人节颁发的一等奖奖状。

1994 年（甲戌年），在《诗刊》3 月号发表《绍兴三首》，包括《小寐泉陵》《风雨碑前》《祝福乐浦》。本年写成新古体诗《阳关》赠诗人何来、《赞女画家顾启娥》等。

1995 年（乙亥年），8 月 5 日—7 日参加由西北文化研究会企业文化委员会、省群艺馆、省作协诗歌创作委员会及文学编辑委员会联合举办的"兰州诗会"，并致欢迎词，会后陪同外地嘉宾赴河西古丝路参观采访。8 月 20 日—22 日参加由《飞天》主办的 1995 年全国部分文学期刊主编研讨会。11 月初出席定西地区文学艺术工作者第三次代表大会。12 月获甘肃省文联、省作协颁发诗歌《绍兴三首》优秀作品奖证书。本年在《湘泉酒鬼》发表新古体诗三首，在《中国当代诗词格律名家精品集》发表新古体诗《为民颂》《圣贤颂》《中国颂》。

1996年（丙子年），5月应聘为中国诗歌学会第一届理事会理事。10月杨文林主编的《甘肃经济大潮系列丛书》企业之星甘肃卷《企业春秋四卷》在北京红旗出版社出版。8月在渭源参加甘肃当代文学研究会理事会召开的会议。12月16日—20日中国文学艺术界联合会第六次代表大会、中国作家协会第五次代表大会在北京召开，杨文林参加。12月获中国作协第五届荣誉证书。参加中国作协四次理事会，被推选为名誉委员。

1997年（丁丑年），6月《飞天》发表《根的随想》上篇。《飞天》第一期发表《陇头水泊》，当年的《散文选刊》第六期转载。8月8日《飞天》发行400期，编辑部召开纪念座谈会，杨文林参加。11期《人民文学》发表《天音大鼓》。

1998年（戊寅年），5月中旬专程赴定西参加定西地区文联举行的临洮作者吴莲芳的长篇小说《三生石》讨论会。7月25日—28日在平凉出席省当代文学研究会1998年年会暨平凉文学作品讨论会。9月2日前往定西看望重病中的老作家夏羊。获当代文学研究会、中国当代少数民族研究会颁发的第四届全国当代少数民族文学研究园丁奖。获省作协枫叶奖（表彰创作成就）。

1999年（己卯年），参加全省文艺工作座谈会，作重点发言。

2000年（庚辰年），5月23日临洮县文联第一次代表大会召开，出席祝贺并讲话。7月1日写成《根的随想》下篇——《〈甘肃文艺〉复刊的前前后后》，发表于《飞天》2000年第10期。7月5日—7日参加接见台湾作家代表团。9月3日参加甘肃省文学艺术界联合会第四次代表大会，获甘肃省文联颁发的第四届文联委员会名誉委员聘书。

2001年（辛巳年），2001年第1期《人民文学》发表《豆饭荞食忆》。4月14日在省文艺活动中心参加由《飞天》编辑部主办的"世纪之春甘肃诗会"。2001年第10期《延河》发表《宝石蓝的华沙车》。12月18日—22日中国文联第七次代表大会、中国作协第六次代表大会在北京召开，杨文林参会。12月，获中国作协颁发第六届名誉委员证书。

2002年（壬午年），4月18日在兰州参加省作协、金昌市委宣传部、金昌市文联联合举办的"唐达天长篇小说《绝路》研讨会"。7月《文艺之窗》发表新古体诗《赠诗人张嘉昌》，写成《悼闻捷》。8月15日参加定西地区文联召开的王吉泰长篇小说《引洮梦》讨论会。《引洮梦》在表现定西人民的"引洮情结"方面，具有典型的文学意义，不失为一感人的"引洮启示录"。9月8日《闻捷全集出版》座谈会在兰州举行。杨文林主持筹办，作《老革命的闻捷，兄长般的诗人》的讲话（载9月28日《甘肃文艺》），并作会议主题发言。会后，与程士荣、武玉笑、谢昌余、张平、左连高领闻捷女儿赵咏梅访问陇东、延安等闻捷夫妇生活战斗过的地方。上海诗人宁宇一起前往。

2003年（癸未年），1月1日《定西日报》创刊号发表《定西绾成的心结》。本年写成新古体诗《赠画家李玉福》《赠作家曹杰》。

2004年（甲申年），2月9日《甘肃日报》发表苏震亚文章《杨文林：古稀尤抒黄土情》。本年10月写成新古体诗《赠诗人、书家姚文仓》。12月5日参加省文联成立50周年纪念活动。

2005 年（乙酉年），7 月去礼县百摩村看望了农民诗人刘志清。写成古体新诗以示纪念。10 月写成新古体诗《赠诗人高平》。10 月 12 日在通渭参加定西市作家协会第一次代表大会，被推举为顾问。

2006 年（丙戌年），11 月参加中国作协代表大会。

2007 年（丁亥年），本年写成新古体诗《缅怀诗人夏羊大兄》。

2009 年（己丑年），在《中国作家》发表《散文四题》：《诗哉，酒哉》《克林根酒村的小康》《酒桶，神器》《葡萄长廊赶酒节》。9 月 24 日《贫不薄文》由《文艺报》节录刊载。10 月在《中国当代诗词、格言名家精品》发表《雕龙颂》《为民颂》《圣贤颂》《中共颂》四首，获中国当代文学研究会颁发的特等奖及"中国当代文艺之星"称号。10 月获甘肃出版工作者协会新中国成立 60 周年"甘肃出版突出贡献奖"。12 月获甘肃省委、省政府授予的"甘肃文艺终身成就奖"。同年获中国作协、中国文联颁发的创作 60 年荣誉奖。

2010 年（庚寅年），《中国作家》2010 年第十期发表《天山南北》八首：《列宁像前》《巩乃斯牧场看叼羊》《我抱起你，小依布拉音》《挟着雷音的天山雪》《长者的街头论坛》《大象无形，帕末尔》《雅丹，戈壁赤婴》《天池之恋》。11 月 24 日《定西日报》"西部周末"发表王得胜文《情系陇原大地，献身文学事业——记临洮籍著名作家编辑家杨文林》。9 月，散文获《兰州晚报》特别荣誉奖。12 月 20 日《飞天》庆祝创刊 40 周年，作《〈飞天〉，我的精神家园》的发言；同时获"《飞天》老编辑荣誉证书"。

2011 年（辛卯年），9 月中国文献出版社出版《中国当代百名诗词家作品集》，刊出新古体诗七首：《自嘲》《梦中遇伊

丹》《老九今昔叹》《祈福长明酥油灯》《有感大王旗》《评电影
〈赤壁〉二首》，获当代文艺研究会颁发的一等奖证书。10 月 28
日与武玉笑等十余老友分享中国作协、甘肃作协给予的生日小宴
会。文联副书记孙周秦讲话，王创业赠书法《行雾》。11 月 5 日
《杨文林诗文集》出版。13 日设酒致谢《飞天》新老编辑，会上
向省教育厅、文化厅各赠书 200 套，分赠礼县图书馆、大中学校。
11 月 29 日赴京参加中国作协第八次代表大会。本年《甘肃文艺》
发表新古体诗《老革命画家陈伯希八秩寿祝》《老革命剧作家武
玉笑》《赠作家曹杰》《赠诗人高平》等。

2012 年（壬辰年），12 月阎纲来信，并赠散文集《美丽的灭
亡》。本年写成新古体诗《赠书法家、诗家王创业》《赠诗家、书
家于忠正》《赠农民作家金吉泰》《赠剧作家石光亚》。

2013 年（癸巳年），春节初一夜晚写成新古体诗《习近平总书
记访问甘肃》，本年 4 月写成新古体诗《赠张卫星》《赠杨东英》。

附：杨文林小传

杨文林，原名杨生明。汉族，甘肃省临洮县人。曾任甘肃省
文联副主席、中国作家协会甘肃分会副主席，职称编审；系中国
作协理事。1949 年 8 月参加中国人民解放军。1950 年 8 月起，
先后任《西北后勤报》记者、编辑组组长等职。1954 年至 1956
年任文化和宣传助理员。1957 年转业到甘肃省文联，任《陇花》
编辑。1961 年至 1987 年（《甘肃文艺》停刊的 7 年除外），先后
任《甘肃文艺》编辑部负责人、总编辑和《飞天》总编，领导并

实际参加了编辑业务，编发了大量文学作品和评论文章。仅 1976 年 10 月以来，就编发了二千余万字的作品，其中 150 余篇（部、首）作品获甘肃优秀作品奖，八部（篇）作品获文化部、中国作协颁发的全国奖。此外，为纪念《讲话》发表 30 周年主编了甘肃省小说、叙事诗、散文、特写、儿童文学等选集五本。1987 年获中国作协文学期刊编辑荣誉奖，又获中国作协颁发的老编辑荣誉证书和国家新闻出版署颁发的老出版工作者荣誉证书。1948 年开始发表诗歌和杂文。新中国成立后发表诗歌 200 余首。1982 年出版诗集《北疆风情》。诗歌《伊犁风情》在甘肃省庆祝建国 30 周年文艺作品评奖中获文学二等奖。

　　杨文林是一位有个性的抒情诗人，一位渴望在自己的诗作中发现新意的诗人。他自觉地把创作过程视为创造过程，积极尝试用更为独特、更具个性的表达方式去再现生活，努力使客观生活物象化为带有自我独特感受的形象、声音、色彩，使主客观在他的诗美上达到契合，表现出一种难能可贵的艺术自觉性。他表现农村生活特别是农家女劳动生活的诗作如《午歌，棉女的酣想》《一个两个三个梦》等，把边塞风光同兄弟民族生活情趣糅合而成的诗作如《问》《伊宁雪晴》等，以及部分工业题材的作品如《工业的副刊》《工业的形象》等，就充分体现了这种特点。在这些作品中，诗人或抓住农家女在劳动、休息中的某一神态、动作，或摄取某一牵动诗人情思的生活场景、形象，运用视觉、听觉、感觉相互融合叠加所产生的凝聚力，把赞美之情和思想感悟都纳入对神态、动作、场景的绘声绘色的描绘中，合成出一种含义深邃的象征物，一幅满载情思的优美画面，精致、轻柔、抒情，具有较强的艺术感染力。

成功的艺术合成是建立在诗人对生活无数次的感知、细致的观察和丰富的体验基础之上的。有了对生活深入独到的发现，想象力就会激活起来，主观情感也容易找到与之相对应的诗歌形象。从杨文林比较成功的作品中可以看出，丰厚的生活积累和体验培养了诗人独特的感受力和精确的分析力，使他能够从大处着眼，从细微处入手，抓住生活中非常动情的细枝末节，扩大和开掘它所蕴含的深远内涵，以细显大，用点睛之笔写出更多的生活。《给一位女焊工》，其主旨是要探寻女焊工的"命运"，但诗人并没有详尽地展示女焊工所走过的道路，一切的铺陈罗列全部省略，甚至女焊工本人也没有出现，诗人只是随手在她的房间撷取几件她用过的物什：焊条、面罩与沾满烟火的头巾、落上轻尘的梳头镜子、窗前一盆盛开的红菊、花前摊开的书……，通过对几个毫不显眼的生活物什的轻笔勾勒就展示了作为"丫头——焊工——祖国的花匠"的女主人的全部生活及其意义。个别物什与主人公的命运主体之间的转化，自然适度，不露痕迹，使这首诗蕴含深远而运笔轻盈。

有了对生活的独到发现，选好切入的角度，客观的描述也能产生浓郁的诗情。但杨文林还不仅限于此。他经常运用隐喻和借代的手法，使生活变形甚至"创造"生活。在《工业的形象》《她们是勤劳的布谷鸟》《狮魂》诸诗中，工业是"一个巨大的形象"，农家女的爱是"夜夜醒着"的"不息的流水"，战士则成为"无声的狮子"，这些经过诗人精思、神思而再造出来的诗歌意象，新奇、深刻，饱含了高度的生命力和感染力，令人耳目一新。

杨文林的诗歌，在格调上也时有变化。像静谧、舒缓的《她睡了……》《一个两个三个梦》，含蓄、清丽的《一朵苹果花》《一只蜜蜂》，深邃、凝重的《伫立在黄河桥上》《车辙》，劲健、豪放的《工业形象》《工业的副刊》等，丰富多彩的笔调，表明诗人在选择和运用语言的方式上创新出新的自觉追求。

杨文林还尝试过叙事体和民歌体，并且为此付出过艰辛，但都没有成功。这就使他的整个创作出现了一种不平衡现象，不仅在他不同时期的作品中，就是同一时期的作品中也都表现得比较明显。如《新事新唱》《兄长和大嫂》分别写于1959年和1964年，但与同时期的《一朵苹果花》和《车辙》相比，思想和艺术水平就存在着较大的差距。尝试，不可能都成功，但尝试是成功的桥梁。使人惋惜的是，诗人的这种尝试追求，后来并没有在他自己的创作中得到继续。也许是忙于编务吧，新时期以来他少有诗作发表。读者看到的，仅有《南粤鹧鸪天·诗之祭》等不多的几首。

不断革命精神的赞歌

——评歌剧《月亮湾》

去年，参加了国庆戏剧会演工作，看了很多戏，参加了很多讨论。讨论涉及的问题很广，比如，什么才是反映了"大跃进"时代最本质的精神？比如，什么样的戏和什么样的人物才是革命浪漫主义的？又比如，人民内部的矛盾应该反映什么？问题都很大，因此讨论也很热烈。后来看了歌剧《月亮湾》（甘肃省实验歌剧团集体创作，康尚义、刘万仁、张方执笔），联系讨论的问题引起过一些探索和学习，觉得《月亮湾》是一部好戏。因而本文想从上面讨论到的几个方面来探讨一下《月亮湾》的成就和不足，抛砖引玉，作为我学习的继续。《月亮湾》的思想内容是丰富的，鲜明的。剧中的几个中心人物，由于反映了时代精神，因而具有充分的生命力。剧本通过妇女队长阿伊莎、老书记胡赛尼、土专家克里木这几个生动的形象，让我们看到了"大跃进"时代的精神面貌，反映了典型环境，刻画了典型人物。剧本写的是甘肃山区的回民在"大跃进"中大搞水利、改变干旱面貌的斗争。甘肃山区更穷更白，穷则思变，要革命，月亮湾回族人民改变穷白面貌的愿望是迫切的，而"水漫月亮湾"则是改变穷白面貌的中心问题，剧本抓住了这一点，描写了一场月亮湾的人民在党的领导下鼓足干劲、冲破各种迷信保守思想的束缚、以敢想敢干的精神建设社会主义新农村的斗争。"大跃进"是人民群众掀起的社会主义革命的洪流，它激起了社会生活面貌的变化，因而自然地影响到不同的人的不同思想。剧中当阿伊莎、克里木一伙年轻人在老书记胡赛尼的领导下大搞水利的时候，迷信保守思想起而反对了。克里木的父亲伊索夫对克里木说："尕娃，这个事可不是闹着玩的，你不要跟上疯子扬土！"在他看来，既然阿訇老人家说青龙沟里挖不出水，那就挖不得；他对和克里木一起积极搞水利的克里木的对象阿伊莎更是非常不满意，说："你不要把我的尕娃往天上捧，掉下来我可接不住！"当挖水源发生了事故、伤害了人的时候，思想保守的生产队长阿不都抓住了把柄，认为搞水利是"技术没技术，经验没经验"，是"胡闹"，他趁着老书记胡赛尼出外开会，要下令停止水利工程。伊索夫要逼着克里木撒手，"好话你不听，正路你不走，缸沿上跑马你任性干，刀刃上面你翻筋斗"，少数群众也产生了泄气情绪。剧本展示了像阿不都、伊索夫这样一些人物的精神面貌，说明了新事物的发展不会是一帆风顺的，总会遇到各种各样的阻力。剧中，挖出水源后，又碰上了迁坟问题，伊索夫、阿不都又说是"胡闹"。

这时，老书记胡赛尼对伊索夫的一段话是值得寻味的："老兄弟，这些年轻人胡闹，可是我领的头呵。你还记得吧，当初，咱们办互助组、办合作社那阵，就是有人说胡闹。前些日子挖水，也有人说我领着胡闹。可是现在呢？没有人这样说了吧。"是啊，新事物总是要胜利的，而这个胜利的过程，就是一个不断革命的过程。《月亮湾》通过胡赛尼、阿伊莎、克里木这样一些高瞻远瞩的形象，反映了人民群众不断革命的精神，这一点正是该戏剧构思的中心。《月亮湾》之所以有丰富的思想内容，有鲜明的时代精神，而不苍白贫乏，我觉得正是因为作者把不断革命的精神赋予了剧中的人物。不断革命正是我们时代的最本质的精神，是最普遍、最典型的精神，反映了这个精神，就是反映了我们时代的本质。从大的方面讲，人民群众建设社会主义，不是为了要在社会主义阶段上停下来，而是为了最终达到共产主义。树立起这样一个伟大的目标，不断革命而不满足现状；我们的时代在社会生活的各方面不正是充满了这种精神吗？我们从《月亮湾》呼吸到这种精神，这是《月亮湾》之所以是一部好戏的所在。剧中，破除阻碍挖出了水源后，不是停了下来，而是要把水引上月亮湾；遇到了迁坟问题，又进行了一场斗争；由于生产队长阿不都右倾误工，山洪冲掉了渠道，群众受到了挫折，但是却有了更大的理想和干劲，修起了一座拦洪坝，连洪水也拦进了水库。剧作者紧紧把握了群众要求不断革命这一条主线，在矛盾冲突的情节的发展中，对每个人物都赋予具有特征的性格，展示出了各种人物思想性格的发展变化，以及人与人的关系。挖水出了事故后，阿不都乘机打击克里木，但是群众却喊出了："别难过，别伤情，大伙的眼睛赛明灯，出事故不能全怪你，几千年谁干过这样大的事情！"几千年没有干过的事情，正是群众革命运动的本色，当洪水冲垮渠道后，为保护工程而受了伤的克里木和阿伊莎面对乱石残埂毫不悲观而又提出了更宏大的水利计划时，一种敢想敢干、勇于革命的共产主义思想深深教育了我们。我们的文学反映新的时代，反映不断革命的精神，反映劳动人民的生活和斗争，是我们的文学无产阶级党性的表现。艺术的"真实"来源于社会生活，像《月亮湾》这样更集中、更概括、更典型、更理想地反映了人民群众不断革命精神的作品，是我们时代的真实的作品，因为我们通过作品所描写的典型人物，受到了共产主义的教育。

《月亮湾》塑造了几个生动突出的人物，而我觉得最为突出的人物是阿伊莎。这个年轻姑娘、妇女队长，敢想敢干，不知道困难叫什么。她实干、泼辣，却又有远大的理想，像一盆火、一面旗，使人久久不能忘怀。她和克里木情投意合，同时是积极分子，但性格却不同于克里木。她是这样的一个人：当克里木对水源问题说"把握还不够大"的时候，她对克里木说："怕什么，只要有线索，咱们就摸着往前干，小手小脚可不行呵。"她做梦也梦的是"水漫月亮湾"。挖水碰到石头，出了事故，有人动摇了，她领导了群众："越是到了困难的时候，咱们越应该齐心呵，谁要是怕困难，谁走好了！"修渠道碰到了迁坟问题，克里木顾虑"迁坟动土，怕乡亲们不愿意"，而阿伊莎却说："怕什么，还能叫死人把活人的路拦住？"洪水冲倒了渠道，她受了伤，却睡不住，晚上挣扎到被洪水冲掉的渠道残埂上，气恨阿不都，急愤交加，五内如焚，将手中紧握的一块石头狠命地掷向凤凰岭,喊出了:"又是急来又是恨,恨不得,一脚踢倒凤凰岭!"但这并不是主要的,她跌倒,爬起,又发誓似的喊出了:"洪水凶,洪水猛,洪水吓不倒治水人,青龙沟能摆下降龙阵,水不上山不为人!""对!找党,找大伙去!"她半夜里带着伤和党员、和群众、和克里木一同为更大的水利计划出策、兴奋。至于身上的伤呢,她说:"伤早好了,现在是人治水,又不是水治人的时候!"阿伊莎就是这样一个时刻在扑着往前干,天不怕、地不怕、胸怀大志、藐视困难的人物,她是我们时代的典型人物。作者以非常饱满的热情为我们塑造了这样一个具有共产主义风格的英雄人物,这一点,我想是无可非议的。问题是:当我们评价阿伊莎这个人物的艺术成就时,能不能肯定阿伊莎是一个革命浪漫主义的人物?这一点,看法却并不是一致的。有人认为阿伊莎这个人物的塑造,还谈不上什么革命的浪漫主义,我不同意这种看法。这里,有一个对革命的现实主义和革命的浪漫主义相结合的创作原则的认识问题。一种认为达到革命的浪漫主义很容易,加上一些畅想未来,呈现一些远景图画就行了;另一种则抱着一种虚无主义的神秘观点,总觉得这也不行,那也不是,革命浪漫主义似乎是可望而不可即。这两种看法都是片面的。革命浪漫主义绝不可能信手就能拈来的,因为它不单是一个创作方法问题,更重要的,它是一个思想观点问题,是作家、艺术家的世界观问题。作家只有深入群众,学习改造,具备了共产主义的世界观,对我们的时代和劳动人民有了深刻的洞察理解,有了如高尔基所说的"生活的丰富""印象的记载",以及体验了"健康精神的高涨",这时候,革命的浪漫主义才可能成为不可避免的应笔而生的东西，作家才可能塑造出立足于现实，而又高于现实的更理想、更典型的革命浪漫主义的人物。从这一点上讲，达到革命的浪漫主义并不是轻而易举的。据我知道，《月亮湾》是在作者深入了山区回族人民生活的基础上产生的，剧本前后写了一年多时间，经过了十几次的锤炼。显然，那种只是单纯地在作品里加上一些畅想的创作方法，不是能够达到革命浪漫主义的创作方法。但是，革命的现实主义和革命的浪漫主义相结合既然是作为建设社会主义文学的一个根本原则提出的，那么它绝不是神秘的，正如马列主义是普遍真理，能为群众所掌握，而不是神秘的"经文"一样，革命的浪漫主义对于作家来说，是可望又可即的。因为我们这个广大人民在经济上、政治上、思想上获得解放，干劲冲天、英雄辈出、心雄志壮、充满理想的时代，就充满着革命浪漫主义的精神，人民群众的革命浪漫主义精神，应该而且必然要在文艺上得到反映。我之所以认为阿伊莎是一个革命浪漫主义的人物，是因为这个人物所体现的革命浪漫主义精神不是虚假的，不是矫揉造作的，而是融合在人物的血肉之中，是我们具体看到了、感觉到了我们时代所具有的蔑视困难、勇于革命、敢想敢干的精神，这种精神正是革命浪漫主义所要求的精神。而阿伊莎具有的正是这种精神。这说明作者不是单纯地追求某些浪漫主义的写法，如夸张、幻想等等来塑造人物的，而是抓住了革命浪漫主义所要求的精神。如果我们进一步从提出革命现实主义和革命浪漫主义相结合这个创作原则的根据来评价阿伊莎这个人物，问题就更明显了。这个创作原则的提出，除了根据文学艺术本身的特点（文艺来源于现实生活，因它比生活更高、更强烈、更集中、更理想、更典型）而外，主要的则是根据现实需要和我们时代的特点，特别是根据马克思主义不断革命的世界观提出的，无产阶级是最崇高的现实主义者和理想主义者，革命现实主义和革命浪漫主义相结合的创作原则，是求是精神和不断革命精神相结合在文艺上的表现，同时，现实需要文学艺术以我们时代不断革命的精神进行全民教育，因此人民需要众多的像阿伊莎这样的我们时代的英雄人物。不同的时代和不同的阶级总有着自己的英雄人物，塑造具有共产主义风格的英雄人物，是无产阶级文学艺术的使命，但是，我之所以认为阿伊莎是一个革命浪漫主义的人物，却并不仅仅是因为她反映了不断革命的时代精神，具有着深刻的思想性。因为我们知道，艺术作品不是单纯地作为时代精神的"传声筒"，不是抽象地表现时代精神，而是通过活生生的人物典型形象表现思想性的。如高尔基指出的，浪漫主义要建立在形象的说服性上面。《月亮湾》提供给我们的阿伊莎这个人物，正是一个具有说服力的形象！剧本从各方面刻画了这个人物的精神面貌，使她有着鲜明突出的性格。她爽朗，无邪。她爱克里木，姑娘们向她起哄，她辫子一甩："你们说我爱我就爱，你们说我想我就想，凤凰岭上点灯青龙沟里亮，哪一个姑娘长大不嫁郎！"她不爱一直苦苦追求她的阿不都，因此当阿不都因为阿伊莎爱穿红而送给她一双红袜子，并问她"你喜欢吗"的时候，她甩掉了袜子，直截了当地说："不喜欢！""我不是早就说过了嘛，阿不都，我不爱你！"最后，事业胜利了，水渠放水了，水漫月亮湾的理想实现了，克里木特意为阿伊莎买了一副红头带，问她："你喜欢吗？"这时阿伊莎幸福地说："喜欢！来！给我扎上！"她就是这样一个性格鲜明，追求着理想的事业、也追求着理想的爱情的人物。作者安排了这样一条爱情的线索贯穿全剧，不是为了一般所说的"增加点气氛"，而是为了展示人物的精神面貌，这一情节的描写，服从着典型化的原则，服从着主题的描写，赋予了人物以血肉。阿伊莎所追求的事业和爱情，都是共产主义的。这个人物不论思想性和艺术性方面都是比较鲜明生动的，是一个完整的形象。这个人物反映了我们生活中新生的、革命的、有生命力的事物，因此具有强烈的鼓舞力量；这个人物的塑造，说明作者看到了生活中的新事物，看到了共产主义的新因素，并以高度的热情反映了它，这一切使阿伊莎这个人物具有了革命的浪漫主义的色彩。

《月亮湾》又是一部正确地反映了人民内部矛盾的戏。我想主要谈谈剧本对阿不都这个人物的描写。他是生产队长，有积极的一面，比如，他领导的石方队经常超额完成任务，受到表扬。但是对于党和群众的"水漫月亮湾"这个宏图大业，他却抱有顽固的右倾保守思想。有的同志认为，阿不都反对搞水利，主要是因为嫉妒水利积极分子克里木和阿伊莎的爱情，想打击克里木。我觉得有这个因素，这个因素也构成了阿不都这个形象的复杂性，但是，阿不都更本质的思想，恐怕还是右倾保守。他认为月亮湾搞水利没有条件，明白地表示："修水坝我敷衍敷衍，搞石方我翻上加翻，只要我暗中加把劲，到时候咱再把账算！"对于阿不都这种右倾保守思想，剧本通过阿不都和老书记、阿伊莎、伊索夫这三个不同人物的不同关系，用很有戏剧性的情节，进行了有力的鞭笞和辛辣的讽刺。老书记对阿不都一直是开导教育的，时刻在用阿不都的错误鞭策阿不都。水渠因阿不都领导不力而被洪水冲垮了，但是老书记仍然在教育他："哭吧！哭吧！好好让眼泪把你的思想洗洗。"剧本对阿不都和伊索夫的描写，则又很富于喜剧情趣。伊索夫很信服阿不都，训诉克里木要"好好向人家阿不都学学"；他很相信阿不都未说出口的"要是没有阿伊莎，克里木不会在缸沿上跑马"这样一个暗示，所以他更不满意克里木找阿伊莎这样一个对象，这却正是阿不都所希望的。但是在阿不都所犯的错误的打击下，伊索夫的思想开始起了震动和变化，引起了他和阿不都思想上的决裂。这两个人物之间的关系的变化，实际上是对他们共有的右倾思想的鞭笞。而在阿伊莎的关系这一条线索上，剧本对阿不都给予了犀利的却又是善意的讽刺。比如，阿不都给阿伊莎送袜子，头一次碰了壁，但袜子却一直保存着，第二次又去送，"阿伊莎，我总是想不通这个理，别人把你训上、碰上，也没有见你发过火，可对我呢？一见面就是冷冷的！冰冰的！"这样的描写是比较含蓄的。阿不都想不通的理，却是人们最易想通的理，因为思想上走的不是一条道，所以阿不都爱阿伊莎虽然也还不乏诚意，但招来的只能是"冷冷的！冰冰的"。还有很多细节的描写，虽然有的地方太夸张了一些，但也还不失准确；并没有把阿不都丑化成一个坏分子，使人只觉得他可笑，也可憎，但仍然使人感到是人民内部的矛盾。特别是阿不都经过斗争，跳进洪水救克里木的描写，更确立了作者正确把握人民内部矛盾的意图（剧本演出时去掉了这个情节并将阿不都的成分改为没落地主，这是值得考虑的），表现了人民内部的先进与落后的矛盾冲突。在建设社会主义、共产主义的宏图大业中，这个矛盾有各种表现，不断革命的思想和右倾保守思想的矛盾，就是一种。《月亮湾》正确地反映了这个矛盾，歌颂了不断革命的精神，批判了右倾保守思想。反映的深度还嫌不够，是另外一个问题，但方向正确，则需要热情肯定！人民内部矛盾是社会存在，它反映生活的很多方面，但不论是写这样的矛盾或那样的矛盾，都必须有正确的阶级观点，站在无产阶级的立场上。这是一条不能动摇的根本原则。

从以上三个方面来看，《月亮湾》的成就是值得肯定的，是我省戏剧创作上可喜的收获之一。但这并不是说，《月亮湾》在揭示时代本质、运用革命现实主义和革命浪漫主义相结合的创作原则，以及反映人民内部矛盾这几个根本方面，已经很够、很成熟了。不，离达到成熟还有一定的距离，还需要不断作政治上的提高和艺术上的磨炼。剧本还有一些不足之处，我觉得主要的是揭示矛盾冲突的深度还嫌不够，如对右倾保守思想揭示得还嫌单薄。剧本是将阿不都作为右倾保守的代表人物来写的，但却没有从多方面反映他和各种因素的落后思想之间的联系。在他和伊索夫的关系上，为博得阿伊莎而打的算盘多了一些，没有更深地反映他们在共同的思想上的联系。加上他为了阿伊莎而打击克里木的这个因素，便有些冲淡了阿不都作为一个右倾保守人物的更深刻的典型性，因而在一定的程度上影响了将矛盾冲突提得更高、更有力。剧本对阿伊莎的描写有热情、有性格，但写她政治觉悟上更大的成熟也还嫌不够，影响了这个人物的思想深度和更饱满的革命浪漫主义色彩。剧本的一些不足，我觉得反映了作者虽然对不断革命的精神在生活中的诸种反映有了认识，但还缺乏更高的马克思主义的分析。党的文学艺术事业要求文学艺术工作者不断树立共产主义世界观，担负起共产主义教育的光荣使命，这就需要长期深入地联系群众，努力不断地学习毛主席文艺思想，在学习、实践中求提高。愿共砥砺。至于以上一些不成熟的见解，需要再一次证明，是抛砖引玉，作为我学习的继续。

原载《红旗手》1960 年 2 月号

不 断 革 命 ， 推 陈 出 新

——评陇剧《枫洛池》、京剧《大破天门阵》、秦腔《善士亭》的改编

　　戏曲是接触群众最广泛的艺术，要使我们的戏曲艺术更好地为社会主义服务，在阶级斗争中起到自己应有的积极作用，就需要努力革新，使自己适应表现现实生活的需要，创作和演出反映现实斗争的剧目，肩负起向人民进行社会主义、共产主义思想教育的任务。另一方面，也是需要做大量工作的，就是要对旧有的传统剧进行更加深刻的社会主义的改造，以不断"推"资产阶级思想、封建思想之"陈"，"出"社会主义之"新"，使它符合今天时代的需要，起积极的作用。

　　"出"社会主义之"新"，这是人民利益的根本所在。在"推陈出新"方针的指导下，我们对戏曲舞台的面貌有了很大的更新，不少旧的剧目经过不同程度的修整和改造，焕发出新的思想

光彩，成为社会主义文艺的一个组成部分。但是也还有很多不利于人民和不适合人民需要的剧目，尚未得到应有的改造。这种改造需要长期进行，万不能走一走，停一停，甚至守旧出陈。通过当前关于戏曲问题的讨论，一定会进一步提高认识，统一思想，总结经验，吸取教训。这预示着戏曲艺术会有一个新的发展，而绝不会像一些同志所担忧的"会使戏曲失掉观众"。相反，戏曲艺术随着时代的前进而前进，就会使它具有更旺盛的生命力，为自己的发展开辟出一个更广阔的途径。

讨论一下我省已经出现的一些修整、改造取得了初步成绩的剧目，也可以作为我省戏曲问题讨论中的一个课题。通过这种讨论，可以吸取一些经验，这对进一步整编剧目有益处。但我自己却是一个戏曲的外行，只不过看了一些戏，有一些肤浅的感想罢了。几年来看了陇剧《枫洛池》、京剧《大破天门阵》、秦腔《善士亭》，读了据这些剧目改编的原本，感到这几个剧目的改编都体现了"推陈出新"的精神。虽然它们的成绩有高有低，有的甚至还有很大的缺点，但这些剧目在赋予原作以新的主题思想，以及以历史唯物主义的观点塑造人物方面，都有值得肯定的经验。以下我想就这两个问题出发，谈谈这几个剧目的改编，意在抛砖引玉。

先从这几个剧目主题思想的"出"新谈起。改编传统剧目，首先是一个主题思想的"出"新问题，一部改编成功的剧目，首先总是改编者以新的观点处理情节和塑造人物，从而提高了作品的主题思想的结果。主题是灵魂。什么样的主题，是一个用什么样的思想去影响人的问题。我们通常所说的"精华""糟粕"，主要是以思想来区分的。所谓精华，是指那些对今天的时代、人民能够起到积极作用的民主性的思想；所谓糟粕，当然也是指封建道德、神鬼迷信等思想而言的。对传统剧目的改编来说，取其精华、去其糟粕，就是一个"出"思想之新的问题。

《枫洛池》等三个剧目的改编者，在党的领导培养下，通过不断学习、实践，初步地以正确的阶级观点和历史唯物主义的观点，在几个传统剧目的改编中获得了可喜的成绩。几个剧目吸取了原作的积极因素，扬弃了消极的东西，重新开掘了主题。《枫洛池》歌颂了抗暴除恶的渔民起义，《大破天门阵》歌颂了爱国主义的英雄人物，而《善士亭》则揭露了封建礼教的罪恶，引起我们对封建思想的憎恨。这几个剧目的主题思想都是有积极意义的。这首先是因为改编者进行了大胆的革新和创造。这三个剧目中，《枫洛池》和《大破天门阵》都只吸收了原作的某些情节，重新结构了剧情、塑造了人物，因而带有创作的性质。这也是改编传统剧目的一条路子，应该提倡，因为大量的传统剧目中，大部分剧目是糟粕多于精华的。如果拘泥于原作，不敢进行脱胎换骨的改造，那么不仅糟粕不能剔除，精华的部分也会被糟粕长期掩盖，而不能通过我们的再创作使它成为对社会主义有用的东西。当然，进行多大程度的改造要视其需要而定，像《善士亭》那样，保留了原作的基本结构，但却翻新了原作主题思想的方法，也是适用于很多剧目的。各种路子都应该走，各种方法可以兼施并用，但不论哪一种路子、哪一种方法，都要有一个共同的前提，那就是要以社会主义的思想"推陈出新"。

《枫洛池》的改编是一个大胆革新的例证。这个戏的改编所根据的原作是昆曲传统剧目《渔家乐》。《渔家乐》反映了汉末权奸梁冀的荒淫残暴以及当时社会动荡不安的历史。但是原剧的这种反映是很不明显的，为头绪繁多的其他情节所淹没。剧中有梁冀与汉室后裔清河王刘蒜的矛盾——梁图谋剪除汉室诸王而自登位；有梁冀与御史马荣之女马瑶草的矛盾——梁逼瑶草入府做歌姬，瑶草抗命；马荣依附梁冀，逼女入府，又有父女之间的矛盾；而后才是梁冀与劳苦大众之间的矛盾——梁冀府下校尉误射渔女邬飞霞之父使其身死，飞霞冒名马瑶草，入府刺梁。在这些矛盾之中，实际上又是以梁冀与清河王的矛盾为主导的，梁与劳苦大众的矛盾只从属于这个矛盾，反映出原作的维持"正统"的思想。像邬飞霞这样代表劳苦大众的人物，也是从属于"正统"一面的。飞霞刺梁，固然有为父雪仇的一面，但刺梁的思想和行动是飞霞和清河王舟中相遇、权作夫妻以后才产生的，因而飞霞扶持"正统"思想是主要的。当时所谓"正统"的刘汉王朝，实际在政治上已经黑暗腐败到极点，让人民去扶持所谓的"正统"，是掩盖、调和了阶级矛盾。

对这样一个传统剧目如何进行改造，这就要看改编者持什么样的思想观点。如果仍以原剧的主导矛盾为主，提出比较明显的宿命色彩，反映一场所谓"清君侧"的忠奸斗争，那么即使改编得好，也充其量是一个无害的平庸的剧目，而不会成为一个有积极思想的作品。如果改编者拣轻弃重，只准备轻轻刷洗一下，那么取梁冀与瑶草和瑶草与其父马荣之间的矛盾加以发展，也可以构成一本戏。做这样的改编，揭露马荣的趋炎附势和荒淫无耻，也有其批判意义。但它较之取渔女刺梁这一情节而反映一场阶级斗争的思想意义来，就要大差一筹了。改编者在取什么、舍什么这个问题上，是以正确的历史观点和阶级观点进行了分析和选择的。他们舍弃了前者，选择了后者，把渔女刺梁这一积极的因素从其他冗戏败笔中解脱了出来，重新结构了剧情，扬弃了梁冀与清河王的矛盾，对梁冀与马瑶草的矛盾所属的情节也进行了改造，使它从属于梁与劳苦大众之间的矛盾，用以邬飞霞等为代表的渔民起义贯穿了全剧，开掘出了一个人民奋起反抗的新主题。这样大的改动是不是粗暴呢？据我所知，因为《渔家乐》是戏曲界比较熟知的一个传统剧目，因而改编者有过顾虑，也有同志提出过是否粗暴的问题。但改编者在领导的指导和鼓励下，大胆地走了革新和创造的路子，其实这也是一个更好的继承传统的路子。因为，继承并不是要把传统的东西原封不动地保存下来，有批判地继承才是积极的继承，才是对传统的尊重。我们不少的传统剧目（不是所有的）如果不进行脱胎换骨的改造，只轻轻刷洗一下，是很难"出"社会主义之"新"的。因为传统剧目毕竟是反映封建时代生活的，是那个时代的产物，因此即使在精华里面也掺杂着糟粕的。比如，渔女刺梁的故事可以看作是《渔家乐》的精华，但和这个"精华"并存的"糟粕"不也是显而易见的吗？如邬飞霞之父被梁冀校尉误伤而死，这就掩盖了阶级斗争的真实；飞霞被清河王纳妃以后入府刺梁，又削弱了这一行动的积极意义。《枫洛池》接承渔女刺梁的故事，而又改造和发展了这一故事，反映了一场尖锐的阶级斗争，这是对传统最好的继承。

对传统戏剧遗产的继承，是继承其民主性的精华，但什么才是民主性的精华？只有站在马列主义思想的高度上，才能鉴别真伪，去伪存真。而且不仅是存真的问题，还有一个精华的东西得到发展、提高的问题。从今天的时代、人民的需要出发，如何用马列主义的思想照亮"真"的民主性的精华，弥补其不足，丰富、发展它，古为今用，是"出"社会主义之"新"的重要问题。《大破天门阵》的改编在这方面是另一个比较成功的例子。这个戏用强烈的爱国主义的思想丰富了穆桂英的形象，使穆桂英这个以英勇著称的人物，不仅以一杆东杀西战的梅花枪为我们所熟悉，而且以赤胆忠心、为国报效的思想感动了我们（传统戏曲中有关穆桂英的戏，不少只着重于武功表演，这不能不说是一个极大的缺陷）。

有关表现前期的穆桂英这个人物的传统剧目，我只看过京剧的《破洪洲》、秦腔的《二天门》等很少几部。总的来说，这些剧目对穆桂英都缺乏思想的、精神的表现。京剧传统剧目也有《大破天门阵》，是紧接《辕门斩子》后的一折着重于武功表演的武打戏。也许还有其他剧中的其他剧目比较充分地表现了穆桂英这个人物，我不敢断言。但上述几部戏都缺乏穆桂英爱国主义思想境界的表现，在有的戏里，穆桂英这个人物实际上是徒具虚名的。有的戏里有所表现，但思想性很低。就据以改编《大破天门阵》的京剧传统剧目《破洪洲》来说，就有很多不健康的或没有什么意思的冗戏败笔。如着力表现穆桂英夫妻之间的逗闹——杨宗保怒恼了穆桂英，穆桂英聚将升帐，责杨宗保以笞杖，责了又哄，等等。秦腔的《二天门》更是一部败戏，全剧基本上围绕为破"天门阵"而寻找杨继业失落的战刀这个主线，描写了杨宗保碧波潭找刀的前因后果，主题思想很少有可取之处。从这些情况中不难看出，如果没有新的创造，没有思想内容的丰富和发展，只从传统剧目所提供的"精华"中塑造出一个时代有积极意义的爱国主义的英雄形象，是很少有可能的。

《大破天门阵》的成就，升华了穆桂英这个人物在我们心目中的地位。她威震强敌，才统三军，爱国家，肝胆照人。达到这个成就的原因，当然并不仅仅是由于有新的创造，也还由于改编者正确地继承了传统剧目中反映人民理想和愿望的、为广大人民所熟悉的穆桂英这个人物的动人之长。我们知道，人民群众熟悉穆桂英这个人物，如数家珍，之所以如此，首先因为穆桂英是一个寄托了民族的爱国主义思想的英雄人物，这个人物在精神上也是压倒强敌的。传统艺术的妙处是，穆桂英一出世，就把自己的命运和杨家将联系了起来，这是很有道理的。因为传统艺术既然创造了佘太君这个女英雄的形象，那么从女将惯战的杨家传统来说，太君之后当有新人，因而传统艺术创造了穆桂英这个人物，以便能够使《杨家将》这一部光辉的爱国主义演义接演下来。穆桂英的出现，又恰在杨家将兵败金沙滩以后，因而她的出现，一扫凄凉悲观之情，把《杨家将》这一部爱国演义推到了一个新的高潮。也因此，这个人物几百年来以至到今天，给人民群众的鼓舞是很大的。她和民族的声息相通，寄托和反映了人民群众的爱国思想。这种思想在有关传统剧目中的表现，是这些剧目的人民性所在。《大破天门阵》的改编者，如果不是正确地继承了传统艺术中人民性的精华，而采取虚无主义的态度，那么这个戏要改编得成功也是很少有可能的。

改编者继承了"精华"的一面，弥补了传统艺术由于历史的思想局限而产生的缺陷。为了说明这个问题，这里还想涉及的一点是：《杨家将》这部爱国演义所产生的年代，是外受异族侵略、内受昏君权臣压迫，民族爱国志士备受迫害排挤的年代。《杨家将》的全部戏剧，是在这个特定的历史背景下串演的。那个年代的复杂、尖锐的政治斗争，总的来看，在《杨家将》的戏剧和它的人物身上都留下了烙印，这可以看作是反映了那个时代的真实。但这种反映又是很不充分、很不深刻的。比如，作为统治阶级的皇帝，总是被表现成一个在杨家将和权臣之间持"中间偏杨"立场的人物，矛盾的焦点大多纠缠在一般意义的忠奸斗争上，因而实际上宣扬了封建的"忠君"思想，掩盖了斗争的复杂性和真实性。这个缺点表现在《杨家将》的人物身上，是使人感到这些人物和那个时代的尖锐斗争胶着不紧，不足以反映那个时代的斗争面貌。穆桂英这个应该在那个特定的斗争中被推到尖端，充分展示一个爱国英雄的精神境界的人物更是如此。那个时代错综复杂的斗争在她精神上、心理上的反映是模糊不清的。我们很难窥见她的内心活动而受到更大的感染。只在《穆桂英挂帅》一剧中她向我们袒露了胸怀，但又有些悲观情绪，和一个爱国主义英雄人物应有的思想境界不相称。指出这些，当然不是为了责怪古人，而是希望戏曲工作者以马列主义的思想和历史唯物主义的观点，烛照人民群众所熟悉的穆桂英这个英雄形象，还她以应有的英雄面貌。

正因为如此，我才认为应该热情地肯定《大破天门阵》的思想意义。这个戏把穆桂英推进了斗争之中。改编者把握了构成

"杨家将"全部戏剧的基本矛盾，表现了抗敌与卖国的尖锐斗争。在这个斗争之中，卖国投降的势力是强大的，权臣王钦着是手持"尚方宝剑"的阵前监军，实际上是皇帝的代表；在这个势力面前，杨延昭不敢违抗圣命，只待束手交出帅印，实际上是交出兵权，置国家于危途。这就使穆桂英帐前夺印，具有了抗命而保国家的痛斥投降的意义，同时也是对杨延昭那种"忠君"思想的批判。而穆桂英敢作敢为、丹心一片的爱国之情，对杨延昭则是一个鼓舞，使他在斗争中振奋起来，道出了"手捧帅印泪淋淋，挂帅印杨家父子的伤亡尽……到而今他道我杨家无人担重任，来来来，辕门外来了我杨家这三代接印的人"的感人之情。杨延昭的这种感情里含着热泪，含着因为有穆桂英这样一个儿媳而产生的骄傲、寄托的感情。后辈继承了父辈的爱国大业，这种感情深深唤起了今人思想的共鸣。其次，整个的戏剧矛盾，很自然地又把穆桂英推到了一个不能只凭自己一杆枪，还必须才统三军、智取强敌的地位。她必须勇智双兼。改编者通过义降黄琼等情节，着重表现了这一点，塑造了一个大智大勇的巾帼英雄，表现出了强烈的爱国主义思想，使我们今天的观众从这个英雄人物的身上，看到了和时代精神相通的东西，以古鉴今，受到了教育。

虽说《枫洛池》和《大破天门阵》已经带有某种创作的性质，然而，这并不等于说改造传统剧目对任何剧目都要重起炉灶，不如此就不能"推陈出新"。问题在于怎样改，用什么样的思想去改，改得如何，是否达到了"推陈出新"的目的。

《善士亭》是一部保留了原作（京剧《御碑亭》）的节目，却一变宣扬封建礼教的主题而为反封建礼教主题的剧目。这是一个主题思想翻新的戏。原剧对封建礼教的宣扬，主要的表现是承认"夫权"，而"夫权"是封建道德的支柱之一。原作的内容是：孟月华与柳春生归途遇雨，避于御碑亭，男女同宵，暗室不欺；孟夫王有道疑孟和柳有私而休弃了她。如果说王有道只据一点疑心而休妻在封建社会里是允许的，那么《御碑亭》就是宣扬了"天经地义"的"夫权"思想。这种宣扬表现在：休妻和休了以后又团圆，都像抛掉或拣起一根稻草一样地轻易。而孟月华被休以后也并不特别伤痛，她使人相信以后会团圆；王有道休妻以后高中进士，得意忘形，毫无离妻的痛苦，后来从柳春生那里弄清了孟月华原是个清白的"节妇"，于是夫妻团圆，夫荣妻贵。孟月华只轻轻责备了王有道几句，就连这几句也还是承认"夫权"的。如孟月华唱："提起往事心惨伤，男儿志气本刚强，就此机会来和唱——"王有道接唱道："这才是我的贤妻房。"很明白，休妻和团圆都是以男子的意志为转移的，而这个"团圆"，又是以"夫荣"为基础的。原剧还有宣扬"因果报应"的内容，这些都是明显的糟粕，容易识别；但那种迂回曲折地宣扬的封建道德，如果不是站在正确的思想立场上，则是很不容易识别的。

改编者对这个剧目的改造基本上切中了思想要害，因此虽未改变原作的基本结构，但却翻新了它的思想。改编本将王有道写成了一个珍爱家庭幸福的人物，因而他休妻是有真切的痛苦和矛盾的，但他又不能不休——男女同亭避雨一夜，在封建社会里是天地难容的。他愈是痛苦、矛盾，我们就愈看到有一条封建礼教的鞭子在抽打这一对夫妻的爱情。孟月华被休回娘家，连生身父亲也不敢相信被休的女子会清白，将她赶出门庭。孟月华何处去？还能和丈夫团圆吗？这在封建社会是没有必然性的，必然的是孟月华要被吃人的封建礼教所吞吃。她流落街头，没有人收留她；她还是一息尚存，只是因为冤情未白，死难瞑目。当她又来到避雨起祸的"善士亭"，真是一滴血泪，一声控诉！当王有道得知孟月华清白无瑕，赶来接孟月华回府，我们相信，她还活着绝不是在等"团圆"，而是为在丈夫面前，向那个摧残了她的社会质问：我可是一清二白？我可曾败坏了名节？我可是有罪之人？她含恨而死，难道仅仅是她的父亲、丈夫的过错吗？这个悲剧，是对吞吃了孟月华的封建礼教的控诉。由对孟月华之死的同情而激发起的是我们对封建制度的痛恨，这就是《善士亭》的思想意义。这个戏的改编给我们一个启示，这就是改编传统剧目的路子是多种多样的，只要努力于"推陈出新"，对不同的剧目都能找到合适的改造方法。

《枫洛池》等三个剧目，都基本上达到了思想"出"新的要求，而这个"出"新，又是以正确的塑造历史戏曲人物来实现的。塑造人物的问题是一个怎样"出"新的问题。

要求传统剧目的改编"出"社会主义之"新"和直接从历史生活和人物身上表现出社会主义思想是有区别的。我理解，社会主义之"新"，是通过作者以马列主义的思想对历史和历史人物的评价、反映而表现的，因此，虽然历史生活、历史人物不可能有社会主义思想，但作者却可以用马列主义的思想去评价、表现历史和历史人物，从而开掘出和社会主义思想精神相通的主题。我们必须把以马列主义思想表现历史和历史人物这一点，与直接表现历史和历史人物的社会主义思想区别开来。传统剧目反映的是古代的生活，描写的是古代的人物，而古代的生活、人物不可能有社会主义思想。我们要求"出"社会主义之"新"，却又不是超出历史的局限去"拔"高人物，使古代生活有今天的内容，使古代的人物具有今人的思想。"出"社会主义之"新"，我理解，是要求传统剧目通过改编，更好地起到古为今用的作用。像《枫洛池》等剧目一样，能够符合时代的思想、生活需要，使我们通过它的主题思想，以古鉴今，引起思索，潜移默化，受到教益。但这个"主题思想"却不是以"拔"高人物，使古人改扮今人而表现的，而是以历史唯物主义的观点塑造历史的戏曲人物表现的；人物的思想、行为既能以古鉴今，却又是历史的，而不是超越历史的。

《枫洛池》的邬飞霞这个人物的塑造，经过了一个不符合历史真实达到历史真实、从某些今人思想的表露到历史地塑造这个人物的过程。这个戏前后修改了十余次，大都和如何塑造邬飞霞这个人物有关。我读过这个戏的最初几稿，这几稿中邬飞霞是一个超出历史可能的英雄人物，这突出地表现在这样两点上：其一，邬飞霞几乎是一个"活神仙"。一个阅世不深的年轻女子，对梁冀、马荣、牛贵等奸权内部的倾轧、矛盾悉如指掌，因而利用得既正确，又不失时机。如最初的"诓嫁"一场戏里，马荣和牛贵的家奴交逼而来，马府要逼飞霞当义女而送进梁府，牛府要逼邬家献宝珠而供奉梁冀，但这个严重的斗争，却被飞霞施以"诓嫁"之计而轻轻开脱了。这里只举邬飞霞的几段唱词，就可以看到这个人物的不真实，如："孩儿因此想一计，让他牛马两家枉自用心机；今日里马荣认我做义女，牛贵岂肯把头低，他定要梁冀面前去告密，告马荣的女儿是假的。定要他弄巧成拙献了亲生女，那牛贵正要他献女丢面皮；牛贵讨珠不成心生气，他就是个传信递话的。"等等。最后，为父称赞女儿聪敏，飞霞高高兴兴地下场。这里，冲淡了阶级斗争的真实是其一，其二是为表现劳动人民的智慧，飞霞被描写成一个料事如神的人物也是不正确的。对统治阶级内部矛盾的正确认识，显然是我们以马列主义的观点对历史进行了阶级分析的结果。我们当然要表现这种矛盾，但我们对这种矛盾的表现，应该通过戏剧冲突的形成、发展、结局来完成，而不能把作者对统治阶级的分析变成邬飞霞的分析，邬飞霞不可能有这种阶级分析。我们说，艺术应该比实际的生活更集中、更典型，但同时艺术又要受到生活的制约，它又必须是生活的反映，失去了生活的真实，就谈不上艺术的真实。反映历史生活也是一样，超出历史局限地赋予古人不可能有的思想，就失去了历史真实，因而也就谈不上艺术的真实。其三是，邬飞霞还被描写成一个一开始就具有一切英雄品质的人物，如她在敌人面前嘲笑怒骂，等等。我们当然应该表现邬飞霞的英雄品质，但这个品质，应该是人物在特定的斗争中通过自身的思想、性格的形成、发展表现出来，而不得把今天英雄人物的品质生硬地加给历史戏曲人物。改编者经过多次的反复探索，邬飞霞这个人物终于成为一个真实的艺术形象了。她是一个天真未泯的渔家女子，尽管对阶级压迫有所认识，尽管梁冀抓走未婚夫、打伤父亲的遭遇，积郁了她的阶级仇恨，但她并不是一下就明确了要进行斗争的。她还是盼望着"杜郎早归程""父亲早痊愈"。当马府逼亲、牛府逼拿逃归的未婚夫的紧急关头，她情急生智而

"诓嫁"，只是为解燃眉之急（不是胸有成竹地利用敌人的矛盾）；"诓嫁"以后，面对敌人相逼的严酷现实，不得不夜逃他乡，父亲又中途被打死，杜郎又被拿归梁府，于是她孑然一身，四野茫茫；而渔民又被梁冀的横征暴敛逼得怨声载道，这时，重重而生的阶级仇恨，才使这个历尽斗争的渔女产生了刺梁复仇的思想和行动。她从破灭了的"与郎同舟打渔得佳期"的愿望，转而有了"有朝磨得双锋利，我定要断贼头颅报冤屈"的觉悟。这个觉悟是如此的真切，我们从剧情所展示的斗争中，看到了邬飞霞这个人物的成长，这个人物才因此具有了真实而感人的力量。我相信，改编者跟着邬飞霞这个人物，也经历了一个不断提高认识，从而正确塑造历史戏曲人物的过程。

　　与如何以历史唯物主义的观点认识历史戏曲人物这个问题有关，《善士亭》中的孟月华是一个有争论的人物。有的意见认为孟月华怨愤多于斗争，她自己牺牲在封建礼教的桎梏之下，却对封建礼教的罪恶缺乏认识，至死没有反抗，而是肝肠寸断地陈述自己"未做事先把夫君颜色看，夫不允诺我不敢言"的为妇之道；她问天问地，为什么"清白人反遭不白冤"，却就是没有将罪问到封建礼教的头上。这种意见认为孟月华不应该死。不死，当然是以和封建礼教作斗争为前提的，如果既不死又不斗争，那就只有"大团圆"，那不是又恢复到原作承认"夫权"的原来面目了吗？

　　我觉得对孟月华这个人物应该作基本的肯定，这个人物的塑造应该说基本上是可取的。肯定或否定这个人物，都不可能以她有多少反抗封建礼教的精神作绝对的权衡，而应该由这个善良的、却又谨守封建礼教的女子反被封建礼教所吞吃的悲剧，来看这个人物对封建礼教的批判意义。这种批判不可能由孟月华自身来进行，而只能由作者通过对这个人物的命运的描写，揭露出封建礼教的罪恶，从而达到批判的目的。我们知道，一个剧目宣扬封建思想和剧中人物有封建思想是两类问题。剧中人物有什么样的思想，是人物所处的时代的客观存在，这就要求我们以历史唯物主义的观点认识历史戏曲人物，但对那个"客观"作出什么样的评价和表现，却是作者主观思想的反映，这又要求我们以马列主义的阶级观点洞察历史。蒲剧《团圆之后》中的人物，没有一个不是有封建思想的，但《团圆之后》是可以开掘出反封建道德的主题的。同样的道理，一个剧目是否有反封建礼教的主题，并不绝对取决于剧中人物是否有反封建礼教的思想行动。孟月华没有积极的斗争行动，而做了封建礼教的牺牲者，但这并不影响在《善士亭》中开掘出反封建礼教的主题思想（至于其他题材的作品，另当别论）。当然这并不等于说可以否定那些封建时代的反封建人物一定的积极意义。我们的传统剧里早有这样的人物，如崔莺莺、贾宝玉、林黛玉等等。但是，《红楼梦》《西厢记》等作品对我们今天时代的意义，恐怕主要的还不在于这些人物反抗封建礼教的思想、方法对我们有什么借鉴的作用（当然有一定的认识作用，但又必须批判地认识），而在于这些作品通过对这些人物的命运、遭遇、生死存亡的描写，揭露了封建制度的罪恶，使我们认识了这个罪恶的制度，从而痛恨它。至于这些人物对封建礼教的反抗，也终归超不出他们所属的时代、阶级的局限，而且也没有胜利的可能。如果硬超出了这个局限，而且斗争胜利了，那岂不等于贬低了"五四"以来的我国民主革命彻底反封建的、解放妇女的伟大意义？是的，崔莺莺看起来是"胜利了"，但毕竟还是张君瑞中了状元才能与之正式地结为夫妻，因此她的"胜利"，其实是封建礼教的胜利，我们不宜过分美化崔莺莺的"胜利"，也不能一味抬高她反封建礼教的身价。从这个认识出发，我认为孟月华这个人物的塑造，基本上体现了阶级观点，又不失历史的唯物主义。这终归是说明了"出"社会主义之"新"对戏曲工作者的要求，在于如何提高自己，以马列主义的观点去认识、反映历史，而不在于把历史人物的思想"拔"得多高。前者难，后者容易。我们当然应该拣重的挑，而不走那种简单易走的路子。

但是，"历史的局限"却又绝不能被作为因循守旧、反对"推陈出新"的借口。不超出历史的局限以今代古，是历史唯物主义的科学态度；我们同时又看到由于历史的局限，传统剧目中才存在着糟粕，因此又必须"推陈出新"，以更好地为社会主义服务，又是以马列主义的阶级观点出发的。我们应该把阶级观点和历史唯物主义的观点统一起来。事实证明，凡是以这种正确的观点对待传统剧目的改编而产生的新剧目，总是既"出"社会主义之"新"，又是古今分明的；既是很好地批判的，又是很好地继承的。邬飞霞、孟月华这两个人物的塑造是如此，穆桂英的塑造也是如此。在《大破天门阵》里，有一场描写穆桂英夺印以后感到任务不轻而聆听杨延昭教诲的戏。这场戏就很有意义。对穆桂英这个年轻女子来说，一颗元帅印的分量当然要比她手中那杆梅花枪的分量重得多，她不能简单地看待它。她夺帅印而把生死置之度外，这是她天不怕、地不怕的性格，但夺了帅印以后又感到任务不轻而希望受到先辈的教诲，又是十分自然的。而杨延昭虽然确认穆桂英可以继承杨家的爱国大业，但也还是不失时机地给她以教诲，教她对外御敌，不可力敌而要联合，对内又要严防内奸，这可以看作是杨家将在长期的外御内防的斗争中形成的经验，使穆桂英受到这种斗争历史的陶冶，也是十分合乎情理的。改编者在这里表现出的思想很有现实意义，我们今天不也是要教诲后辈继承父辈的革命事业吗？改编者开掘出了这种新的思想，给我们以"以古喻今"的启示。但这种新的思想，又是严格地遵循着历史真实而开掘出来的，因而又是古今分明的。又如，改编者用新的思想丰富了穆桂英，但又未失传统故事的真实和穆桂英这个人物的真实。改编者给穆桂英引出了一个劲敌——受辽兵愚骗而与宋为敌的西夏公主黄琼之后，描写穆桂英最初想到的是："不免明日阵前单挑黄琼出战，将她一刀斩于马下。"但杨延昭的教诲使她否定了单凭一杆枪的思想，因为斩黄琼是与辽交兵之际又招西夏之仇的失策之举，于是，她第二个想法是不斩黄琼，而是将她擒过马来，说服她退兵。但是她也想到了黄琼是个劲敌，如果战她不过、擒她不来呢？这时，她那精神上压倒强敌的固有性格像火花一样迸发了出来："黄琼女呀！黄琼女！想我穆桂英出世以来，十年威震山东，未遇敌手，量你也难逃我手！"继而一想，她又轻轻自责："我怎么又犯了这不服人的脾气哪。"于是她以射猎为机和黄琼交手，使黄琼处于下风；箭射双雁，更使黄琼惊服。改编者以此为契机，引出了说降黄琼、大破天门等情节，可以看出，改编者以此丰富穆桂英这个人物，目的性是很明确的，这就是要懂得对敌人既要斗争，又要讲斗争的策略。改编者给这个人物注入了新的思想，而又使这种思想统一在穆桂英固有的性格之中，丝毫没有给人以不真实的感觉。那种认为违反历史真实去"拔"高人物才能"出"新的观点是不对的。反之，又以"历史局限"为借口而为"糟粕"辩护的观点更是错误的，这种守旧的观点是"推陈出新"的障碍，需要我们努力克服。

如果说改编者不断地提高马列主义的思想水平，才使《枫洛池》等三个剧目达到了"推陈出新"的要求，那么这几个剧目的缺陷和不足，也就不能说和改编者的思想认识无关。有些缺点看起来只是属于艺术技巧的，但只要深究一下，就会发现这些缺点也是属于思想认识的。如《善士亭》的最后一场戏描写孟月华含恨而死，孟母恨击王有道一掌，而后全剧终。这一掌说明了改编者的阶级分析还是深刻的。要知道王有道也是封建礼教的受害者，批判的最终矛头不能指向王有道。和这种认识有关，孟月华流落街头，乡里群众没有一个是同情的，甚至连一杯水也不施舍，反说"清白水不予不清白之人"。这样，改编者的批判矛头使人感到既指向王有道，也指向群众，是笼统地批判封建社会。在封建社会里，由于封建思想是统治思想，群众自然也会有封建思想，但代表、维护这种思想的是封建统治阶级而不是群众。如果是揭露封建道德的，那只有深刻地揭露封建统治阶级，才能深刻地揭露封建道德的面目。我们肯定《善士亭》基本上是一个"出"新的剧目，因为它总的倾向是反封建的，但由于改编者思想还站得不高，因此，反封建还没有打中要害。也因此，孟月华这个人物对封建礼教的批判意义还没有更深刻地被挖掘出来。同样属于认识的缺点，也反映在《大破天门阵》的一些情节处理上。如王钦若被描写为阵前"监军"，实际上是反映了杨家将和当朝的矛盾，如果当朝的不是腐败的昏君，那么爱国抗敌的杨家将何需"监军"？改编者写了一点是对的，但当抗敌与卖国的斗争需要进一步加深时，改编者显然畏而不前了。于是笔锋一转：摘杨家的帅印，原来是王钦若搞的假圣旨。我们能否把《杨家将》的戏剧所产生的年代的昏君、权臣、爱国志士三者之间的斗争，进行更深刻的马列主义的分析，从而作出更充分的表现呢？能否将传统的《杨家将》的戏曲进行一番更深刻的社会主义改造，使它们的主题比表现一般意义的"忠奸"斗争更提高一步呢？显然是可能的。至于《枫洛池》，也还有某些情节牵强附会的缺点，不一一赘述了。

在今天，凡是一个观众，看到了一些改编较好的剧目，高兴之余，也总希望这些剧目再锤再炼，锤炼得更完美一些。但过了几年，看了多次，那些明显的缺点犹在尚存，总也难免会感到遗憾。当然"瑕"总不能"掩"瑜，但白玉无瑕不是更好吗？时代和人民要求我们的戏曲"出"社会主义之"新"，这就要求我们在努力改造那些还未经过改造的剧目的同时，也要求我们对已经经过改造的、甚至改编较好的剧目，根据时代的需要，不断地再推陈、再出新。而这一切都是在要求我们戏曲工作者把思想、艺术水平都提升到一个新的高度上。

以一种纯粹是外行的热情，谈了一些肤浅的看法，就教于同志，就教于《枫洛池》等剧目的改编者。

原载《甘肃文艺》1964年2月号

革命激浪滚滚向前

——声讨"四人帮"及其甘肃的代理人围剿影片《红河激浪》的罪行

杨文林　　王家达　　余　斌

杨文林附言：由刘万仁、程世荣、吴乙编剧，北影拍摄的电影《红河激浪》于1962年拍成后还未上演，就被扣压，"查作者""查背景"；1966年被江青、康生一伙定成"为反党分子高岗翻案"的"大毒草"，到处点名，株连上至老一辈无产阶级革命家习仲勋，文艺届领导人周扬、夏衍，下及甘肃地方的吴坚、铁军等100余人。粉碎"四人帮"后，甘肃推倒文艺黑线专政论，是从作品平反、人平反开始的，为电影《红河激浪》平反无疑是平反的先声。记得刘万仁同志找我要写一篇为《红》剧辩诬的"申诉材料"时，"两个凡是"还禁锢着人们的头脑，康生也还戴着"无产阶级革命家"的桂冠，习仲勋同志还未出来工作，因此汇集材料、撰写文字都是"秘密"进行的，因为经历的运动太多了，大家还心有余悸。那时和吴坚、铁军、程士荣等同志的联系是刘万仁进行的，我约了和我同在《甘肃文艺》工作的王家达同志共同进行文字写作，几经讨论修改，由王家达同志执笔写成了一篇题为《革命激浪滚滚向前》的文章，于1979年9月26日以《红河激浪何罪之有》为题摘要转载，一石激起千层浪，在当时，一部被诬为"为彭高习翻案的大毒草"的革命文艺作品重见天日，无疑促进了甘肃文化界的思想解放，加快了拨乱反正的步伐。

我将这篇为《红河激浪》平反的文章附编于本册文集，并写此"附言"，是为了留下一件历史资料。我还想言及的是，1962年前后，随着对小说《刘志丹》的批评逐步升级，甘肃开始了对所有涉及陕甘革命历史题材作品的"清查"，文艺作品除《红河激浪》外，还有舞剧《西北一颗心》等。不过"清查"并没有造成人人紧张的局面，主持《红河激浪》创作、拍摄的铁军，依然是兰州电影制片厂厂长兼省文化局副局长；歌舞团团长刘万仁、话剧团团长程士荣依然在省委宣传部副部长吴坚领导下写剧本；以陇东陇南红色政权为背景的《西北一颗心》的作者叶宁（叶浅予的侄女）依然在讲课、创作；我们《甘肃文艺》发表过一组陕西老干部徐锁的《南梁山歌》，自然也在"清查"之内，我写了一个自查报告，说明作者是写过很多歌颂红军歌词的老同志，"没有任何政治问题"，报告由文联党组上报省委，了结了"清查"。我以为那时的"清查"是实事求是、客观的，这和当时省委领导人是陕甘革命斗争的老干部、是历史的见证者有关；《红》剧是在江青、康生等打击一大批老干部的阴谋中被打成毒草的，作者和领导者吴坚、铁军受到了打击和迫害。

《革命激浪滚滚向前》一文署名的三人中，王家达是《甘肃文艺》的小说编辑，后来成为甘肃作协主席；余斌是理论编辑，后来参加了《当代文艺思潮》的创办，是该刊的负责人之一。粉碎"四人帮"初始，文联、作协尚未恢复，《甘肃文艺》站到了推倒"文艺黑线专政论"的第一线，为很多作品的平反鼓与呼，一些平反文章常常是多人参与。那是一个为赢得刊物的集体声誉而团结奋斗的年代，值得记起。

由刘万仁、程士荣、吴乙同志编剧，北京电影制片厂摄制的故事片《红河激浪》于1962年拍成后，还未上映，就被有的人扣压，责令查作者、查导演、查领导、查"背景"，准备加上反党罪名。时隔不久，1966年初，被江青定为"为反党分子高岗翻案"的大毒草。接着，"四人帮"及其在甘肃的代理人策划《甘肃日报》和《人民日报》相继发表了整版批判文章，在全国范围内掀起了一股剿杀《红河激浪》的恶浪。在作品被批判的同时，他们对作者、导演、作曲者以及支持过影片创作的领导干部和有关方面的同志进行了残酷迫害，株连很广。不仅如此，在这以后，我省有关反映陕甘宁革命根据地的其他作品，包括关于刘志丹同志革命事迹的回忆录、小说、舞蹈、美术等作品，也无一例外地被戴上了"为高岗歌功颂德"的帽子，遭到批判。总之，江青一手制造的《红河激浪》冤案，罪名之重、迫害之深、株连之广，为我省文艺界所罕见。

人们不禁要问，《红河激浪》是一部什么影片？它何以引起"四人帮"及其在甘肃的代理人如此巨大的仇恨？他们这样兴师动众、大施挞伐，究竟为了什么？

《红河激浪》反映的是 1935 年遵义会议以后，在毛主席革命路线指引下，活跃在陇东地区的我党领导下的一支游击队，发动群众、开展武装斗争、进行土地革命，经历千辛万苦，粉碎了敌人的围剿，建立了革命根据地的故事。影片塑造了赤胆忠心、英勇善战的游击队长张铁娃的形象。影片通过描写游击队由弱到强、由小到大的成长过程，表现了人民群众在中国共产党领导下的武装斗争，歌颂了毛主席"枪杆子里面出政权"的伟大思想的胜利。

《红河激浪》的创作动机产生于 1958 年，是为了宣传毛主席关于武装夺取政权的光辉思想，批判苏修叛徒集团鼓吹的"和平长入社会主义"的修正主义思潮。当时，在"大跃进"的高潮中，各地都在大写革命回忆录，曾经活跃在我省陇东地区的陕甘边三路游击队的革命斗争事迹，引起了人们的注意。尤其是三路游击队张铁娃同志的英雄事迹，更是引起了人们的重视。张铁娃同志当年机智勇敢、英勇杀敌的事迹，在陇东一带广为流传。在《红河激浪》创作之前，就有以张铁娃事迹为题材的文艺作品出

版。此后，一些同志建议将张铁娃的故事写成电影剧本。在这种
情况下，当时的省文化局副局长、兰州电影制片厂厂长铁军同志
派刘万仁同志去正宁县，找当年的老游击队员张铁娃、高士奎、
王九九、唐致祥等同志进行采访，《红河激浪》的创作素材即来
自这些同志的斗争事迹。影片所展现的时代背景是 1935 年 2 月至
10 月，是为了说明 1935 年 1 月遵义会议确立了毛主席在全党的
领导地位后，全国各个根据地的武装斗争如火如荼地开展起来。
影片的主题思想是积极开展游击战争，扩大革命根据地、走农村
包围城市最后夺取城市的道路。应当说，影片《红河激浪》在政
治上是好的，在艺术上也是有一定的成就的。

　　这样一部革命影片，却被"四人帮"及其在甘肃的代理人打
成了"毒草"。江青为了炮制"文艺黑线专政"论的需要，在一
次会议上，像巫婆念咒一样，一口气否定了 50 多部影片，《红
河激浪》就是其中的一部。江青信口雌黄，给《红河激浪》扣上
了"为反党分子高岗翻案"的大帽子，砍杀《红河激浪》，迫害
文艺工作者，把矛头指向老一辈的无产阶级革命家刘志丹和一大
批革命领导干部。众所周知，臭名昭著的"文艺黑线专政"论的
出笼，是江青勾结林彪精心策划的一个篡党夺权的政治大阴谋。
"四人帮"挥舞"黑线专政"这根大棒，从文艺领域打开缺口，
搞乱上层建筑和各个领域，阴谋乱中夺权。江青在对十七年文艺
成果的砍杀声中，爬上了"旗手"的高位。像《红河激浪》这样
株连甚广的冤案，也就在"四人帮"弹冠相庆他们围剿革命文艺
的"胜利"中铸成了。

　　正是在这种背景下，"四人帮"在甘肃的代理人按其主子的

旨意行事，颠倒黑白，栽赃陷害，在给《红河激浪》扣上"为高岗翻案"的大帽子之后，就进一步以"炮制者""操纵者""策划者""支持者""包庇者"等等罪名，或残酷迫害，或点名批判了曾经关心和支持过影片创作拍摄的许多领导同志。《红河激浪》冤案的铸成，是"四人帮"及其甘肃的代理人妄图抹杀我们党领导下几十年的革命斗争史，妄图打倒一大批革命领导干部的罪恶阴谋中的一支非同寻常的插曲。他们的种种阴谋诡计，包括炮制、推行"文艺黑线专政"论，都服从于篡党夺权、"改朝换代"这个罪恶目的。他们凶恶地砍杀《红河激浪》，其原因也在这里。

在讨伐《红河激浪》的众多文章中，题为《烧毁高岗反党集团的招魂幡》的一篇篇幅最长，归纳了省内外剿杀《红河激浪》的所有观点，因而帽子最大、调子最高，是"四人帮"在甘肃的代理人策划炮制的对《红河激浪》"定性"的文章。这篇文章给《红河激浪》罗织了三大罪状：一、《红河激浪》"是高岗反党集团阴谋的继续"；二、"竭力美化反党头子高岗"；三、"竭力鼓吹'陕北救中央'的反动谬论"。罪名不小，可惜一条也不能成立。

且看第一顶帽子：《红河激浪》"是高岗反党集团阴谋的继续"。文章说："当高岗反党集团被粉碎之后，高岗反党集团一小撮死党如丧考妣，惶惶不可终日，为了替主子高岗之流扬幡招魂，妄图推翻毛主席、党中央对高岗反党集团的正确结论，他们打起电影的幌子，运用文艺笔法，伺机搞反革命政变，使社会主义的新中国改变颜色，居心何其毒也。"这个罪名是根据什么戴上的呢？文章列举了三条"理由"：其一，因为《红河激浪》的作者是高岗的死党；其二，因为《红河激浪》是《陕甘宁边区简史》的翻版；其三，因为《红河激浪》的"操纵者"强调要写出"左"倾的影响，以便形象地体现"左"倾路线统治时期所造成的惨痛失败。这真是欲加之罪，何患无辞。《红河激浪》的作者和他们诬指的"操纵者"吴坚、铁军等同志都是从小参加革命，几十年来在党的培养下成长起来的革命文艺工作者，他们都为党的文艺事业做出过自己的贡献。自他们参加革命以来，在政治、思想、组织等方面均与高岗没有任何联系，怎么能够说他们是"高岗反党集团的一小撮死党"呢？怎么能够说，他们"如丧考妣"，惶惶不可终日，要推翻毛主席、党中央对高岗反党集团的正确结论呢？又怎么可以设想，"他们打起电影的幌子，运用文艺笔法，伺机搞反革命政变，使社会主义的新中国改变颜色"呢？至于《红河激浪》是《陕甘宁边区简史》的翻版之说，更属无稽之谈。实际情况是：在《红河激浪》剧本的多次修改过程中，因为有关制片厂和领导提出时代背景不够清楚，于是领导《红河激浪》创作的有关同志就从解放初期中央宣传部编的《党史资料》里面找到了《陕北边区简史》，从中摘录了1930年至1937年的西北大事记，其中包括洛川会议、八一宣言等情况，摘录时摈弃了有关高岗的一切论述，打印为"《红河激浪》历史背景参考资料"，让作者参考，并不是要按这个来写剧本。事实上，剧本也没有一个地方是按《陕甘宁边区简史》写的。据此怎么能得出"《红河激浪》是《陕甘宁边区简史》的翻版"这样蛮横武断的结论呢？在文艺创作过程中，作者参阅各种历史资料，掌握和熟悉各方面的情况，这本是正常现象，有什么可以责备的呢？说到《红河激浪》的'操纵者'强调要写出'左'倾的影响，以便形象地体现'左'倾路线统治时期所造成的惨痛失败"，这一条在文学剧本里是有过的，但因为写得不深刻，故事枝蔓又太多，影响了"枪杆子里面出政权"这一主题思想的突出，因而在影片拍摄时舍弃了。即使批了"左"，又何罪之有呢？"四人帮"及其在甘肃的代理人之所以如此害怕批"左"，是因为他们是一伙以"左派"伪装出现的资产阶级野心家和阴谋家。他们那条假左真右的反革命修正主义路线，给我们党和国家造成了空前严重的灾难性后果。极"左"，既是他们的伪装，也是他们公开使用的武器。他们像阿Q忌讳"光""亮"一样，忌讳"左"、批"左"。《红河激浪》的文学剧本里就因为有一点写得并不深刻的批"左"色彩，于是就犯下了弥天大罪，必欲置之死地而后快。

再看第二顶帽子："《红河激浪》竭力美化反党头子高岗"。文章说："一个参军三年的游击队长张铁娃，在外有强大的敌人，内有各种错误路线的重重阻碍的情况下，单枪匹马，打开局面，领导农民建立了武装，创立了革命根据地，像这样一个战功赫赫的盖世英雄，戳穿了，就是反党头子高岗。"

这是完全站不住脚的。首先，这样的逻辑是荒谬的。"像这样一个战功赫赫的"英雄，怎么能说是高岗呢？其次，他们混淆了艺术真实和生活真实的关系，乱扣帽子。作为故事影片的《红河激浪》，是陇东地区革命斗争历史的艺术再现；作为主人公的张铁娃，则概括集中了许许多多游击队员的英雄事迹和优秀品格，加工锤炼为艺术典型。这一点，"四人帮"及其在甘肃的代理人策划炮制的文章中也不得不承认，作品是"取了几个游击队员的故事写成的"，但是，他们又要把张铁娃这样一个艺术形象，硬指为反党头子高岗,这不是唯心主义猖獗又是什么?再则,分析一部作品,主要应看它所体现的思想、所代表的路线。影片塑造的游击队长张铁娃,在外有强大的敌人、内有错误路线干扰的情况下,团结同志,发动群众,排除万难,不屈不挠,建立了农民武装,开辟了革命根据地,这正体现了毛主席武装夺取政权的光辉思想。《红河激浪》歌颂武装斗争,和高岗没有任何关系。至于《红河激浪》里面为什么有个姓高的高飞虎,那是因为生活原型里有个游击队员叫士奎,作者信手拈来,在作品里写为高飞虎,这有什么可指责的呢?

再看第三顶帽子:"《红河激浪》竭力鼓吹'陕北救中央'的反动谬论。"事实也根本不是这样。"陕北救中央"云云,只不过是"四人帮"拿来打人的一根棒子罢了。长期以来,"四人帮"在文艺创作领域中圈了一块禁区:不准写陕甘宁边区的革命斗争。哪个作品如果敢于稍稍反映一下陕甘宁边区的斗争生活,立即就会被扣上"为高岗翻案""陕北救中央"的大帽子,置于死地。《红河激浪》因为写的是陇东地区一支游击队的故事,陇东地区属于陕甘宁边区,所以就触犯了"四人帮"的律条,非欲除之而不可了。"四人帮"制造的"陕北救中央"这根棒子有许多妙用:它既可打人,也能否定陕甘宁边区的革命斗争历史,又可表示自己是高岗反党集团的对立面,给自己的"左派"伪装再涂上一层油彩。真可谓一箭三雕!在这里,我们倒是要问一声:为什么不准写陕甘宁边区的革命斗争?众所周知,陕甘宁边区是在毛泽东思想指引下建立起来的。正是刘志丹同志充分认识到毛主席关于创建革命根据地的思想的重大意义,带领陕甘工农红军,出生入死开展游击战争，创立了陕甘革命根据地。在毛主席率领党中央和中央红军到达陕北以后，中国革命以延安为中心、以陕甘宁边区为基地，走向全国胜利。毛主席指出："长征一完结，新局面就开始。直罗镇一仗，中央红军兄弟般的团结，粉碎了卖国贼蒋介石向着陕甘边区的'围剿'，给党中央把全国革命大本营放在西北的任务，举行了一个奠基礼。"在壮丽卓绝的革命斗争中，陕甘宁边区涌现了像刘志丹那样忠心耿耿、为党为国的英雄，他们为中国人民的革命事业的贡献，是任何人也抹杀不了的。这样可歌可泣的英雄、这样可敬可爱的人民、这样英勇斗争的历史，为什么不能歌颂？为什么不准表现？

有必要强调指出，"四人帮"挥舞"陕北救中央"这根大棒，绝不只是针对《红河激浪》这一部电影，也远不只是为了给文艺创作的题材定下一条戒律，他们挥舞这根大棒，是为了抹杀革命历史，否定老一辈无产阶级革命家的历史功绩，否定跟随毛主席南征北战的广大革命干部，以达到他们篡党夺权、复辟资本主义的罪恶目的。他们要否定的绝不只是一个刘志丹，他们要抹杀的也绝不只是陕甘宁边区的革命历史。你要反映某一地区的革命历史，他们就把你往该地区出现的某个败类的线上挂；你要反映白区的地下斗争，他们就给你扣上"否定武装斗争"的帽子；你要反映毛主席领导的红军二万五千里长征，该没说的了吧？不，他们会攻击你"给老家伙评功摆好"。他们就这么东砍西杀，制造文艺上的"空白论"，迎接政治上的"改朝换代"。这是何等恶毒啊！

为了给《红河激浪》罗织罪名，"四人帮"及其在甘肃的代理人搬用了古今种种锻炼周纳的手法，诸如颠倒是非、无中生有、牵强附会、栽赃诬陷等等，真可谓集"文艺黑线专政"论砍杀革命文艺手段之大成。他们先将影片定为"为高岗翻案"的"大毒草"，有了这个唯心主义的假设，然后再作形而上学的求证。证来证去，不过两条，一是张铁娃等于高岗，一是《红河激浪》寓意"陕北救中央"。可惜这两条"论据"都建立在唯心主义的沙滩上，只要轻轻地一驳，就烟消云散、体无完肤了。鲁迅在揭露国民党反动派时曾经说过："盖天下的事，往往决计问罪在先，而搜集罪状（普通是十条）在后也。""四人帮"在对待《红河激浪》上的卑劣伎俩，竟然和鲁迅当年揭露过的国民党反动派对付革命人民的卑鄙手段一模一样，毫无二致，这就使人们更清楚地看到了"四人帮"和国民党反动派原是一丘之貉，一脉相承。对于他们的这一套唯心主义、形而上学的世界观，实用主义的方法论，法西斯的恶霸作风，必须进行彻底的揭露和批判。

围绕着电影《红河激浪》所进行的斗争，绝不只是对一部影片的评价问题，而是毛主席的革命文艺路线和"四人帮"的反革命修正主义文艺路线的激烈斗争，是一场政治思想战线上两个阶级、两条路线的生死搏斗。回顾这场惊心动魄的斗争，推倒"四人帮"及其在甘肃的代理人强加给《红河激浪》的诬陷，昭雪冤案，澄清是非，对彻底清算"四人帮"的滔天罪行，对进一步发展和繁荣社会主义文艺，开展实事求是的文艺批评，都有着深远的意义。

粉碎"四人帮"，文艺得解放！今天，在批判"四人帮""文艺黑线专政"论、文艺大治快上的进军声中，在中央文化部和省委的关怀支持下，《红河激浪》冤案昭雪了。我省文艺界人心大快。当前，一个万紫千红、百花齐放的社会主义的春天正在到来。我们要进一步深入批判"四人帮"的反革命修正主义文艺路线，更高地举起毛主席革命文艺路线的旗帜，在新长征的伟大进军中奋勇前进。

原载 1978 年 9 月 26 日《甘肃日报》

《红河激浪》何罪之有

由刘万仁、程士荣、吴乙同志编剧，北京电影制片厂摄制的故事片《红河激浪》于1962年拍成后，还未上映，就被有的人扣压，责令查作者、查导演、查领导、查"背景"，准备加上反党罪名。时隔不久，1966年初，被江青定为"为反党分子高岗翻案"的大毒草。接着，"四人帮"及其在甘肃的代理人策划《甘肃日报》和《人民日报》相继发表了整版批判文章，在全国范围内掀起了一股剿杀《红河激浪》的恶浪。在作品被批判的同时，他们对作者、导演、作曲者以及支持过影片创作的领导干部和有关方面的同志进行了残酷迫害，株连很广。

《红河激浪》反映的是1935年遵义会议以后，在毛主席革命路线指引下，活跃在陇东地区的我党领导下的一支游击队，发动群众、开展武装斗争、进行土地革命，经历千辛万苦，粉碎了敌人的围剿、建立了革命根据地的故事。影片塑造了赤胆忠心、英勇善战的游击队长张铁娃的形象。

影片的主题思想是积极开展游击战争、扩大革命根据地、走农村包围城市最后夺取城市的道路。应当说，影片《红河激浪》在政治上是好的，在艺术上也是有一定的成就的。

这样一部革命影片，却被"四人帮"及其在甘肃的代理人打成了"毒草"。江青为了炮制"文艺黑线专政"论的需要，在一次会议上，像巫婆念咒一样，一口气否定了50多部影片，《红河激浪》就是其中的一部。

正是在这种背景下，"四人帮"在甘肃的代理人按其主子的旨意行事，颠倒黑白，栽赃陷害，在给《红河激浪》扣上"为高岗翻案"的大帽子之后，就进一步以"炮制者""操纵者""策划者""支持者""包庇者"等等罪名，或残酷迫害，或点名批判了曾经关心和支持过影片创作拍摄的许多领导同志。《红河激浪》冤案的铸成，是"四人帮"及其在甘肃的代理人妄图抹杀我们党领导下几十年的革命斗争史，妄图打倒一大批革命领导干部的罪恶阴谋中的一支非同寻常的插曲。

在讨伐《红河激浪》的众多文章中，题为《烧毁高岗反党集团的招魂幡》的一篇篇幅最长，归纳了省内外剿杀《红河激浪》的所有观点，因而帽子最大、调子最高，是"四人帮"在甘肃的代理人策划炮制的对《红河激浪》"定性"的文章。这篇文章给《红河激浪》罗织了三大罪状：一、《红河激浪》"是高岗反党集团阴谋的继续"；二、"竭力美化反党头子高岗"；三、"竭力鼓吹

‘陕北救中央’的反动谬论”。罪名不小，可惜一条也不能成立。

　　且看第一顶帽子：《红河激浪》"是高岗反党集团阴谋的继续"。文章说："当高岗反党集团被粉碎之后，高岗反党集团一小撮死党如丧考妣，惶惶不可终日，为了替主子高岗之流扬幡招魂，妄图推翻毛主席、党中央对高岗反党集团的正确结论，他们打起电影的幌子，运用文艺笔法，伺机搞反革命政变，使社会主义的新中国改变颜色，居心何其毒也。"这个罪名是根据什么戴上的呢？文章列举了三条"理由"：其一，因为《红河激浪》的作者是高岗的死党；其二，因为《红河激浪》是《陕甘宁边区简史》的翻版；其三，因为《红河激浪》的"操纵者"强调要写出"左"倾的影响，以便形象地体现"左"倾路线统治时期所造成的惨痛失败。这真是欲加之罪，何患无辞。《红河激浪》的作者和他们诬指的"操纵者"吴坚、铁军等同志都是从小参加革命，几十年来在党的培养下成长起来的革命文艺工作者，他们都为党的文艺事业做出过自己的贡献。自他们参加革命以来，在政治、思想、组织等方面均与高岗没有任何联系，怎么能够说他们是"高岗反党集团的一小撮死党"呢？至于《红河激浪》是《陕甘宁边区简史》的翻版之说，更属无稽之谈，实际情况是：在《红河激浪》剧本多次修改过程中，因为有关制片厂和领导提出时代背景不够清楚，于是领导《红河激浪》创作的有关同志就从解放初期中央宣传部编的《党史资料》里面找到了《陕北边区简史》，从中摘录了1930年至1937年的西北大事记，其中包括洛川会议、八一宣言等情况，摘录时摒弃了有关高岗的一切论述，打印为"《红河激浪》历史背景参考资料"，让作者参考，并不是要按这个来写剧本。事实上，剧本也没有一个地方是按《陕甘宁边区简史》写的。说到"《红河激浪》的'操纵者'强调要写出'左'倾的影响，以便形象地体现'左'倾路线统治时期所造成的惨痛失败"，这一条在文学剧本里是有过的，但因为写得不深刻，故事枝蔓又太多，影响了"枪杆子里面出政权"这一主题思想的突出，因而在影片拍摄时舍弃了。即使揭露了"左"倾路线统治时期所造成的惨痛失败，又何罪之有呢？

再看第二顶帽子："《红河激浪》竭力美化反党头子高岗。"文章说："张铁娃这样一个战功赫赫的盖世英雄，戳穿了，就是反党头子高岗。"

这是完全站不住脚的。首先，这样的逻辑是荒谬的。"像这样一个战功赫赫的"英雄，怎么能说是高岗呢？其次，他们混淆了艺术真实和生活真实的关系，乱扣帽子。作为故事影片的《红河激浪》，是陇东地区革命斗争历史的艺术再现；作为主人公的张铁娃，则概括集中了许许多多游击队员的英雄事迹和优秀品格，加工锤炼为艺术典型。《红河激浪》歌颂武装斗争，和高岗没有任何关系。

再看第三顶帽子："《红河激浪》竭力鼓吹'陕北救中央'的反动谬论。"事实根本不是这样。"陕北救中央"云云，只不过是"四人帮"拿来打人的一根棒子罢了。众所周知，陕甘宁边区是在毛泽东思想指引下建立起来的。正是刘志丹同志充分认识到毛主席关于创建革命根据地的思想的重大意义，带领陕甘工农红军，出生入死开展游击战争，创立了陕甘革命根据地。在毛主席率领党中央和中央红军到达陕北以后，中国革命以延安为中心，以陕甘宁边区为基地，走向全国胜利。在壮丽卓绝的革命斗争中，陕甘宁边区涌现了像刘志丹那样忠心耿耿、为党为国的英雄，他们为中国人民的革命事业献出了宝贵的生命。这样可歌可泣的英雄、这样可敬可爱的人民、这样英勇斗争的历史，为什么不能歌颂？

有必要强调指出，"四人帮"挥舞"陕北救中央"这根大棒，绝不只是针对《红河激浪》这一部电影，也远不只是为了给文艺创作的题材定下一条戒律。他们挥舞这根大棒，是为了抹杀革命历史，否定老一辈无产阶级革命家的历史功绩，否定跟随毛主席南征北战的广大革命老干部，以达到他们篡党夺权、复辟资本主义的罪恶目的。

今天，在国务院文化部和省委的关怀支持下，《红河激浪》冤案昭雪了。我省文艺界人心大快。我们要进一步深入批判"四人帮"的反革命修正主义文艺路线，更高地举起毛主席革命文艺路线的旗帜，在新长征的伟大进军中奋勇前进。

原载 1978 年 10 月 11 日《人民日报》

指引我们前进的精神力量

——学习邓小平同志《祝辞》的体会

本文是我为《飞天》写的以"本刊编辑部"名义发表的专文。

——杨文林

全国第四次文代会开过已经整整四年了,邓小平同志代表党中央、国务院向大会的祝辞,至今仍然像精神的火光,炽燃在广大文艺工作者的心中。它指引我国文学艺术坚定社会主义方向,排除"左"和"右"的错误思潮的干扰,走过了四年登攀的路、创新的路、为社会主义精神文明建设而奋力前进的路。

今天重温《祝辞》,仿佛又看见济济一堂的文艺大军,为走上文艺的繁荣之路而欢声雷动的激情;又听见新老文艺工作者同心同德，为四化建设贡献才智的心声。经历了十年浩劫之后，在党的十一届三中全会路线的指引下重新汇聚起来的文艺队伍，以无比激奋的心情，聆听了邓小平同志以鲜明、凝重的语音，以马列主义、毛泽东思想的原则，系统而完整地阐释了社会主义的文艺道路。《祝辞》有对文艺队伍的高度评价和文艺工作成绩的充分肯定，也有对文艺为社会主义、为人民服务方向的明确指引；有对文艺工作者自觉肩负起社会主义精神文明建设使命的殷切期望，也有对思想意识领域中同损害四化建设的各种错误思想作斗争、严肃对待作品的社会效果的谆谆告诫。一个能够自重的文艺工作者，不论新老、有名无名，都能够从《祝辞》中吸取使自己的艺术生命常青的精神力量，这就是马列主义的立场，社会主义的信念，对党和人民事业的热忱，对自己艺术作品的精益求精，以及对自己革命情操的磨砺。《祝辞》发表以来，文艺战线的历史和现状、成就和问题，一再证明它是我国文艺工作的指路明灯。今天，我们仍然可以理直气壮地说，我国文艺空前繁荣，成绩是主要的，主流是健康的，绝大多数的文艺工作者，没有随着时间的推移，而忘却《祝辞》的召唤。

邓小平同志在《祝辞》中指出："文艺工作者要努力学习马列主义、毛泽东思想，提高自己认识生活、分析生活，透过现象抓住事物本质的能力。"不可否认，这几年来，我们相当一部分文艺工作者，对马列主义、毛泽东思想的学习是不够的，甚至是轻视的。特别是没有把学习和逐步树立共产主义的世界观联系起来。艺术的思考、探索、创新，没有马克思主义的世界观作指导，是不可能正确或成功的。一个有积极进取精神的文艺工作者，是不会回避世界观问题的。不错，林彪、"四人帮"曾经把世界观当作摧残知识分子的手段，党内一个时期"左"的错误，也曾经在文艺工作者的思想改造问题上有过种种粗暴的做法。但这些都已被三中全会以来的正确路线批判和摈弃。今天，在知识分子已成为工人阶级一部分的新的历史时期，树立共产主义的世界观，已成为献身于社会主义事业的广大知识分子的自觉要求。我们文艺工作者从事精神劳动，被喻为人类灵魂的工程师，担负着塑造人们灵魂和进行共产主义教育的重任。教育者必先受教育。要使自己的作品成为时代的镜子、心灵的火花，给人以力量、以启迪，为社会主义精神文明建设谱写出高尚的思想、道德、情操的赞歌，没有马克思主义世界观是不行的。世界观问题并不是什么神秘而不可触摸的问题，对文艺创作来说，犹如灵魂对于躯体一样重要和明白。它是我们对世界观的总看法，即观察、分析问题的立场、观点、方法，也就是认识社会生活、把握时代本质、深化作品主题的思想水平。这几年来出现的一些有错误思想倾向或情调低下的污染人们精神的作品，从根本上来说，都是错误的世界观影响下的产物。而就进一步提高创作质量这一更普遍的问题来看，有艺术的粗细问题，但根本的是一个思想高低、意境深浅的问题。作家一定程度上应当是思想家。倘若一方面抓不住重大的题材，另一方面非重大题材中也开掘不出深刻的思想，那么，自己的作品就难成为时代激流中的浪花，而只能是杯水风波，平庸地出现，无声地消逝。这也是有负《祝辞》赋予文艺工作者为"四化"而讴歌的崇高使命的。

对文艺工作者来说，不仅需要在学习马列主义、毛泽东思想的过程中树立共产主义世界观，而且要树立马克思主义的文艺观。近几年来，文艺界一些同志中有一种错误的观点，认为马克思主义文艺理论还没有形成一个完整的思想体系，这种观点是没有根据的。马克思主义、毛泽东思想对文艺的起源、艺术和社会理想、艺术典型和思想倾向、艺术和生活的关系、社会主义文艺的创作方法等一系列根本问题，都有完整的论述。轻视马克思主义文艺理论的学习，就经不起资产阶级文艺思想的侵袭。近几年中，一些同志对西方现代派艺术推崇膜拜，接受了不少消极的影响。萨特的存在主义、弗洛伊德的心理学，成了被津津乐道的时髦哲学。毫无疑问，我们对外国的东西不是不能借鉴，社会主义文化是在继承和吸收古今中外一切优秀文化成果的基础上创新和发展的。但是，我们只有把马克思主义的观点和现代主义等西方艺术的唯心主义哲学基础划清思想界线，才能真正做到"洋为中用"。我们对西方艺术某些表现手法的借鉴，不是把它们反映资本主义社会的颓废厌世、虚无幻灭的人生观，注入社会主义时代新人的灵魂。我们应当防止和清除来自西方艺术中的思想污染。

摆正文艺和人民的关系，是邓小平同志在《祝辞》中作了深刻论述的一个社会主义的根本原则问题。他指出："人民是文艺工作者的母亲。一切进步文艺工作者的艺术生命，就在他们同人民之间的血肉联系，忘记、忽略或是割断这种联系，艺术生命就会枯竭。人民需要艺术，艺术更需要人民。自觉地在人民的生活中汲取题材、主题、情节、语言、诗情和画意，用人民创造历史的奋发精神来哺育自己，这就是我们社会主义文艺事业兴旺发达的根本道路。"多么明晰的思想和科学的结论啊！当今文坛上堪称社会主义文艺的优秀之作，哪一部不是从生活中吸取营养而得到成功的呢？但是，我们有的文艺工作者，这些年来深入生活的情绪低落了，和人民群众的联系减少了，和人民群众的感情淡漠了。他们很不了解"四化"建设中人民生活的新境界、新事物。不论有怎样高超的艺术技巧，他们的创作如无源之水、无本之木，难免面临枯竭的危境。特别应当指出的是，近一时期，有人竟提倡文明的"自我表现"，提倡实行"反理性主义"。他们主张文学艺术家不必深入人民生活，只要写"自我"的内心世界就够了；他们否认马克思主义世界观对创作的指导作用，主张只凭"潜意识"铺陈成篇就行了。这是割断文艺和人民血肉联系的唯心主义的有害思想。近年来文艺创作中某些不健康的倾向，和这种有害的思想分不开，我们必须起而抵制它，使我们的文艺跟上变革和发展的生活，与党和人民创造历史的伟大时代一同前进，才有生命力。尤其是生活阅历浅、生活底子薄的文学青年，如果不去人民生活中学习、锻炼、充实自己，就很难产生充实的作品；如果不到人民生活中去汲取源泉，就难免江郎才尽，使自己的创作成为早枯的花朵。我们应当深刻领会邓小平同志的教诲，投入人民母亲的怀抱，了解人民建设社会主义的实践和艰苦的创造性劳动，体验人民的所喜所忧。这不仅是获取创作素材的需要，也是改变自己的思想感情、坚定共产主义信念，使思想得到升华，达到共产主义世界观的需要。

　　《祝辞》是我国文艺的指路明灯，也是批判一切错误文艺思潮的精神武器。《祝辞》和《邓小平文选》中很多有关文艺问题的论述，是邓小平同志对马列主义、毛泽东文艺思想体系的贡献。认真学习它，我们就能获得发展社会主义文艺的精神力量，就能在坚持文艺的社会主义方向，贯彻"百花齐放，百家争鸣"的方针，加强和改善党对文艺工作的领导等各个方面，获得正确的指导思想，开创我国文艺更大繁荣的新局面。

原载《飞天》1983 年第 12 期

我 对 现 代 诗 的 认 识

　　本文是我在《当代文艺思潮》讨论徐敬亚《崛起的诗群》一文座谈会上的发言，标题是我所加。以下是《当代文艺思潮》的编者按语和我发言的全文。

——杨文林

　　本刊 1983 年第 1 期开辟了"当代文艺思潮探讨"专栏，发表了几篇观点不同的文章，其中徐敬亚同志的《崛起的诗群》一文，尤其引起了文艺界一些同志的注意和争论。为了推进社会主义文艺创新更加健康地向前发展，坚持更好地为人民服务、为社会主义服务的方向，为社会主义精神文明建设贡献力量，编辑部于 1 月 7 日，邀请兰州地区的诗歌作者、评论工作者、高等学校教师、文学编辑和共青团干部等三十多人，召开了关于当前文艺思潮和社会主义精神文明的专题讨论会。到会同志为开辟社会主义新局面而畅谈，为发展马克思主义真理而争鸣，为坚持真理而抛弃错误观点、充实正确意见，在党的四项基本原则的大前提下，开展平等的、同志式的讨论。在发言中，大家对现实主义问题，对文艺的创新与继承革命文艺的优良传统，坚持文艺的民族化问题，什么是最适合社会主义现代化的艺术表现形态问题，以及对西方现代文学的借鉴与设防问题等，表示了共同的关心。讨论会由甘肃省文联副主席杨文林同志主持，省文联副主席易言同志就如何科学地开展这场讨论讲了话。下面是根据录音，按发言前后顺序整理的部分发言摘要。

——《当代文艺思潮》编者按

杨文林发言：

现代倾向的新诗是思想解放的产物；它可以探索自己的新路，但不应有排他性；它的主流不能脱离现实主义的轨道来运行——

《当代文艺思潮》1983 年第 1 期开辟了"当前文艺思潮探讨"专栏，并且加了编者按，希望文艺界、学术界人士及广大读者踊跃参加讨论。今天，我们就召开这样一个关于当前文艺思潮与社会主义精神文明建设的讨论会。我想就这个问题，先谈一点个人意见，算是抛砖引玉。我想先从徐敬亚同志评我国诗歌的现代倾向的这篇文章说起。

首先我觉得，现代诗，不论是把它称作"崛起"也好，发展也好，兴起也好，总之，是我国新时期诗歌创作中的一个客观存在。那么，对于这样一个客观存在，我们一概地否定它看来是不行的。因为它毕竟是我们这个时代生活的反映。当然，如果看作这个时代诗的顶峰，这样使其产生很强烈的排他性，这在理论上和实践上也是说不通的。因此这就出现了关于现代诗的争鸣。这种争鸣是有益的，很需要。徐敬亚同志的《崛起的诗群》这篇文章，对我国近几年的具有现代倾向的诗歌作了全面的研究、总结，是一个好事情，但这并不等于说他的观点是正确的。

这篇文章触及了文艺理论方面的几个重大问题：一是作者认为我们的现代诗是和现实主义不相容的。认为现实主义更多地强调典型性、情节性，而现代诗，由于它是自我表现，表现"自我"，是主观的精神、意识的流动，或者是由于它的暗示性，着重表现潜意识等等，因此说它和现实主义不相容。当然，作者还说，我们的现代诗又是中国的，不是从西方拣来的，不是先给它贴上一个外国的标签。那么，中国的现代诗是不是和现实主义不相容呢？作者谈到了"五四"诗歌的传统，那恐怕不能不说是现实主义的传统。对这个问题，文章没有做出一个完满的恰当的解答。作者认为现代诗处在一个间歇的阶段。为什么间歇呢？作者在回答这个问题时，回避了思想实质，没有说清楚。我个人倾向于这样一种认识：之所以间歇，实际上就是在现实主义和现代主义之间的徘徊。究竟它要回到哪一方面去？我看，恐怕它的主流还不能脱离现实主义这样一个轨道来运行。

二是把近几年的新诗看作"崛起"也可以，但它是思想解放的必然，还是个性解放的产物？我以为它是思想解放的产物。因为徐敬亚同志提到这样一个很重要的问题，就是现代诗正在形成一个流派。我觉得，确实形成一个流派是个大好事。但是徐敬亚同志对于流派形成的解释，就需要研究。他有个重要的观点，就是认为流派的形成，除去它的艺术因素之外，它还有独特的社会观点，甚至是一种与统一的社会主调不和谐的观点，对诗来说就是多角度的感受。也就是说，一个流派的形成，取决于它的独特的社会观点，这也是诗人独特的感受角度。这样一种关于诗歌流派的形成的解释，的确是一个很值得探讨的重要问题。对这个问题的解释，我认为，不能简单化。一种社会观点总是包含了许多东西，政治观点、哲学观点、感情意识、审美意识等等。这一系列的思想意识的因素综合起来，组成了人们用艺术的方法认识生活和反映生活的基本出发点和不同的角度。从政治观点上讲，则不能否定马克思主义世界观的指导，不能离开社会主义方向的一致性。长期以来，在极"左"思想束缚下，唯心主义猖獗，形而上学掩盖了一切，或者说歪曲了一切，根本谈不上真切的美感和审美意识，谈不到对生活整体的正确把握，谈不到对生活真实的感情和感受。而这几年我们正是从"四人帮"的"左"的形而上学的这样一个思想禁锢中解放了出来，我们的生活发展了，那么相应地反映这种生活的文学艺术也发展了。这就涉及到我们的新诗、新文学向前发展的社会生活土壤问题。由于有了这个土壤，新诗就不单纯是主观的"自我"和"个性"的表现，而是客观现实反映到作者心灵，然后再通过作者的意识反映出来的一种产物。关于流派的形成，实际上是这样一个问题。我认为这样一个问题是可以研究的。

　　三是关于艺术形式的问题。对于现代诗，有这样一种很流行的解释，就是说，随着物质文明的发展，现代生活的节奏变快了，这就必须产生一种快节奏的诗，这就是现代倾向新诗的一个重要特征。对于这个解释，我大惑不解。快节奏的资本主义大生产，一二百年以前就出现了。我们再从西方的作品看，仍然有田园牧歌式的好作品。也不是所有的诗节奏都那么快。试想，物质文明的发展是无限的，它在不断地发展，那么将来诗的节奏会是怎样一种形式？这就很值得探讨。

　　至于如何对待古典诗、格律诗的问题，徐敬亚同志认为，现代诗是对传统形式的一种解放。我个人没有"古典＋民歌"的实践经验，自己在学写诗时，走过一段弯路。因为它毕竟加不起来。作者还是用自己对于生活的独特的感受和表达方式去写诗更好。其实，"古典＋民歌"并不是我们的诗歌传统。我们的诗歌中有民歌，有古典诗，也有现代诗。我们三十年代的许多诗，实际上是现代诗。当时有些诗，与我们现在一些年轻诗人所用的形式还是很相近的。问题是徐敬亚同志这篇文章的观点，有明显的排他性。我以为现代诗可以探索自己的发展道路，可以有自己的独特的美、独特的艺术风格，甚至可以形成流派。但是，不应有排他性。拥有广大读者群的现代诗，不应有排他性。有了排他性，就会把自己孤立起来。因为，在艺术天地里，毕竟是越丰富多彩越好，各种艺术形式只能是长期共存，互相竞赛。古典诗歌已有几千年的历史，至今许多人还是那么喜欢读它。光强调现代诗的视觉感受，不提听觉的感受也不恰当，也不大符合现代诗的实际。好的现代诗同样也可以诉诸听觉。

　　我借这个机会，谈了一些想法。更重要的还是请我们的一些诗人、评论家谈谈自己的见解。我想这个问题的讨论无论如何都是有意义的，希望大家踊跃发言。

西部文学：寻求突破面向未来的旗帜

本文是我在1995年8月新疆召开的"西部文学研讨会"上的发言，由李幼苏、宋振林同志整理，刊于会议简报，未公开发表过。现将此篇编入本集，并向两位整理者致谢。

今年七月，我们甘肃文艺界一行13人，参加了在新疆伊宁召开的第一次"中国西部文学研讨会"。来自西北五省区的各民族、各艺术门类的文艺家100多人汇集一堂，从各自的艺术实践出发，探讨一种共同的艺术追求，在我国还是第一次。与会代表为了西部文学艺术事业的振兴腾飞各抒己见、畅所欲言、争先恐后、答辩驳难，闪烁着思想的火花和沉思的思辩色彩。会议取得了丰硕的积极的思维成果。对我个人来说，受到了极大的启发和鼓舞。现在根据这次会议的主要成果和主体精神，结合我自己的体会，对"西部文学"的理论构想和创作实践，谈几点意见，供我们这次参加"西部文学讨论会"的同志们参考。

一、提出西部文学的意义和时代背景、历史背景和文化背景

1. 提出建设社会主义中国西部文学的口号，表明我们西部文学工作者的历史使命感增强了，艺术意识觉醒了。

这主要表现在，西部文学的提出，是一种历史责任感的驱动。中国的当代历史面临着一个伟大的转变。文学艺术感到骚动不安，感到苏醒的颤动。全民族文化水平的提高，国际文化的交流，新时期文学艺术的探索和突破，推动着西部文艺工作者在自己的辽阔大地上寻找自己赖以成长、发展的新的地理空间、社会空间和思想心灵的空间。这正是艺术的觉醒。西部文学的提出，不但是时代召唤，而且是艺术本身的内在要求。

2. 西部文学的提出，是西部文艺家们的共同呼唤，表现了西部作家不约而同的共同性。说明是一种时代的、历史的西部意识把人们召唤到一起来了。政治的民主化，经济的现代化，社会的文明化，促使人们把目光投向祖国的西部，几乎都不约而同地在心头涌动一种"西部热"。开发西部，建设西部，已不是文艺家们的口号，经济学家、哲学家、文化历史学家、民族学家、教育心理学家，几乎都围绕这个中心议题，发出自己的声音，打出自己的旗帜。这是一个新的觉醒、探求和预见，也是提出西部文学口号的内在原因。

3. 提出西部文学的口号显示了西部文艺界的历史责任感，也显示了西部文艺界的时代自信心。由于社会的历史的多种原因，西部是比较落后的。这是历史的运动所形成的断层。这是挑战，也是机会。西部在祖国的现代化建设中做出自己独特的贡献，在艺术上做出自己独特的开掘，这将是西部文艺工作者的使命和自觉，感受到了时代所催动的热烈的情怀，表明了我们敢于开创、敢于朝前走的时代的信心。

二、西部文学的美学特征和西部精神

要对西部文学的美学特征下个精确的定义显然是困难的，至少目前是这样。我们从宏观的多元的观点，大致可以归结为如下几条：

1. 西部文学是由一个西部各民族的历史文化和现实生活所养育，由西部的自然山川、人文地理和经济生活、时代环境所培植的，具有地方性、民族性、时代性的独具特色的多民族的文学。

2. 西部文学是一个有历史绵延感，又有开拓和开发精神的文学，是在悠久的文化基础上结成的文学之果，既有忧患意识，又有未来觉悟，文学意识处在两极震荡中，并以一种动态组合的形式铸成西部文学的精神气质和文化性格。

3. 西部文学是一种融化了历史精华，为当代精神所浸透的有独特的西部精神、西部风骨和西部性格的文学。

4. 西部文学是一个有大体相近的美学主张、多样化的艺术风格和艺术手法所汇集而成的一部宏大的交响乐。

西部精神是当代精神的民族化与地方化的结合，既有封闭的一面或一段，又有开放的、开拓的一面或一段，它是在历史运动中形成的精神总汇，这主要是西部的觉醒意识。

三、西部文学的艺术构想

西部文学不只是题材风格问题，它是社会主义中国西部各民族、各地区、各种风格流派的文学作品汇成的河流和文学家们共同实践的一个过程，一个文艺现象。

西部精神是我们研究的一个重点。要注意对中国西部文化心理这一系统的各个方面的研究。深入分析、研究民族心理素质、民族价值观、审美观。佛教、伊斯兰教、儒教这三种文化心理在历史传统中的守恒与当代中的转换，既讲文化对现实生活的反映，又讲文化在历史纵向上的积淀。

还要注意到西部文学的多民族、多地区、多彩多姿的文艺实践。当今世界，经济飞速发展，科学突飞猛进，要关注社会变化的节律和历史进步的特征，尽可能使我们民族的认识包容性更大些，更能反映西部文学的复杂性、流动性和积极性。

我个人曾尝试对西部文学作如下的理论上的概括，虽然不需要有一个明确的定义，但要有一个明晰的轮廓线。我认为西部文学应是社会主义新时期的反映西部地方生活色彩、多民族的生活特色的中国当代多民族的社会主义文学。它既是一个题材领域，又是一个文学流派。

四、西部文学创作的大致轮廓

西部文学的发展基本上可以分为三个阶段。（1）历史文化积累阶段。从古代开始，直到解放前夕。包括汉唐文化和西域文化，给我们留下一笔丰厚的艺术财富。（2）创作探索阶段。从新中国成立以来到三中全会。从客观上看，自觉意识还不够强烈，文艺家们处在探索和追求中。但从微观上看，某些具体作家的具体作品中却有自觉追求。（3）创作和理论上的自觉追求阶段。这是近几年才开始的。在伊宁召开的西部文学研讨会可以说是这个阶段的一个里程碑式的重要标志，我们这次西部文学讨论会，也将是一次从创作实践上探讨西部文学的重要会议，表明这种创作和理论上的自觉追求不断深入发展。

西部文学创作实践大致由四部分组成。（1）西部地区的民族文学。聚居在这里的 19 个少数民族，自古以来就有自己独立、悠久而自成格局的文化传统，有自己的经典作家和经典著作。（2）西部地区汉族作家的被称为西部的乡土风情作品。这些汉族作家把自己的生命、感情倾注在这块土地上，写出了具有西部人情美、人性美的优秀作品。（3）西部开发者文学。包括生产建设兵团的同志，还有在各个历史时期因各种原因投入西部怀抱，将自己的青春、生命献给西部的作家所写出的西部作品。（4）行旅作家们的作品。他们虽然不是西部人，但他们在西部短暂地工作和生活过，或者来这里旅行、采访，写出了不少西部风情之作，其中不乏脍炙人口的篇章。

总之，西部文学口号的提出，是寻求突破和面向未来的旗帜，也是文学争取生存的竞争，表明了西部文学工作者的历史责任感和觉醒意识，必将有力地推动西部地区文学创作的繁荣和理论的创新发展。

原载中国当代文学研究会甘肃分会
《年会简报》第 2 期

岁月留痕

1969 年下放干校劳动，因"外调"必须由党员二人同行，因此，虽尚未经"党员登记"，却有机会奉派与老革命陈伯希前往南方数省外调。那时写诗已无多热情，但在四川，强烈的巴蜀风情却感染我记下了一些片段景象，虽很浅陋，却是一段"岁月留痕"。

川西小景

屋后种竹，房前栽梅。
河里牧鸭，水上种田。

成都即景

一行街道，
两行梧桐。
翠竹掩红墙，
满城绿荫。
登高看成都，
红旗分外明。
极目新城一百里，
尽是工厂烟囱。

草堂即景

黛色参天树，
翠绿万竿竹。
杜甫草堂里，
少年读新书。

无　题

五尺竹扁担，
一双麻草鞋。
竹竿踱朝阳，
蓝衫染夜月。

心 声

这首悼念周总理的诗写于 1977 年 1 月 8 日，是我写作并发表于七十年代的唯一一首诗，也是唯一一首接近我想象中的"新古体"形式的诗，是我的学步之作，编入本卷，意在留下一点足迹。

一

去年今日泪飞雨，
今年今日雪纷飞。
白花千树天有情，
山河素装悼总理。

二

去年总理去不回，
今年总理含笑归。
人间自有伏虎将，
忠魂助国震神威。

三

去年怒发三千丈，
今年腮边擦喜泪。
花垒九层接云天，
为我总理筑丰碑。

四

去年总理无寻处，
泪添九派长哭忆。
今日山河尽开颜，
伴我总理长安息。

题中国作协深圳创作之家纪念册

庭前花一树，
窗后几修竹，
心怡苑外见松岗，
深山闻鹧鸪。

关山春讯迟，
总被霜雪误，
此苑四季都开花，
不赖东风主。

1987 年 5 月于麒麟山

花甲自嘲

多年前常为"自由化"作检讨。忆昔视今，颇感冤枉，因以自嘲，意在明志自强。

此生何曾化自由，
思想端正常碰头。
诵经沙弥多歪嘴，
马列主义任左右。
我自素志扬心帆，
混沌洋上自行舟。
立脚不随流俗转，
人人皆可砥中流。

1991年岁终夜于兰州晚悟斋

题《牵牛图》

牵牛本是农家花，
春来随处皆蔓发。
农女村姑爱颜色，
带露胭脂上篱笆。
文人有意说攀附，
喇叭无争自灼华。
名葩虽佳十日期，
谁与霜菊同著花。

1995 年于兰州晚悟斋

题《大鸷独立图》

大鸷喜独立，
空阔任来去；
俯仰天地间，
振翮凭风起。
人生在逆旅，
碌碌名利累；
何如一凡鸟，
生死皆壮飞。

1995 年于兰州晚悟斋

题《老牛归山图》

十余位年长或少于我的《飞天》老同事先后离退。事业常青人易老，不胜感慨，因作《老牛归山图》。

案牍劳形数十年，
他人文章费裁剪。
园丁无名更无悔，
望中新栽摩青天。
声名岂知文章著，
敬业诚时亦积贤。
今朝老牛归山去，
云卷云舒看大千。

1995 年于兰州晚悟斋

雕龙颂

纪念毛主席《讲话》六十周年作

岁岁春夏又秋冬，
年年五月最关情；
文坛犹记讲话在，
台上台下说工农。
哪堪文事逐市利，
黄钟毁弃瓦缶鸣。
文人荣耻明泾渭，
担当道义可雕龙。

2002 年夏于兰州晚悟斋

圣贤颂

读某学府敛财丑闻后作

市场先生坐学林，

教育产业斗量金。

有类无教圣贤哀，[①]

贫家子弟哭簧门。

自古将相多寒士，

当国栋材出平民。

教育嫌贫爱富日，

举国上下忧国运。

2002 年夏于兰州晚悟斋

---

①孔子云："有教无类"，意为人人都有平等的受教育的权利。余取圣人语用之。

为民颂

闻有学者鼓吹"效率第一"论，有感而作

若行效率第一论，

资本主义正年轻；

公平沦丧落第二，

社会主义存何因？

敢有无良称学者，

马列旗下鼓妖风。

执政为民非易事，

正本清源待后生。

2003 年夏于兰州晚悟斋

愿君为老添杯茶

马少青同志来文联主事，率众尊老爱幼，众人努力，一处老年
活动室阔斧落成。此非陋室，乃我辈老人聚首的长亭，歇脚的驿
站。落成之日奉诗志记，以彰年轻同志们的功德。

> 长亭古道起驿站，
> 伴我山外看青山。
> 难得老友相聚处，
> 桑榆芳草霞满天。
> 人生别难聚亦难，
> 故人落日情更虔。
> 愿君为老添杯茶，
> 不薄前贤是后贤。

2008 年于兰州晚悟斋

老九今昔叹

　　高平同志作七律《知识分子现状》感慨"老九"今昔。余作新古体诗《老九今昔叹》与诗人共慷慨。

老九今昔义不同，

拜金报国两分明。

尔来市场登龙族，

学兼官商成富人。

知识有价道无价，

谁效三钱袁隆平[①]。

老九勿走已成史[②]，

空留岁月不了情。

2010 年于兰州晚悟斋

[①]"三钱"：我国著名爱国知识分子钱学森、钱三强、钱伟长。
[②]据传，"文革"中毛主席有"老九不能走"之吁。

斥电影《赤壁》

《三国演义》是历史文化的经典。对经典滥行篡改是一种文化劣行。电影《赤壁》是此种劣行集大成的滥行之一。小诗二首，聊表不敬。

其一
孙尚香：横刀女将

东吴郡主马上飞，
刘备营中做卧底。
不唱梁鸿配孟光，
不唱襄王会仙女。
助兄疆场消兵灾，
阿妹横刀脱绣衣。
梅派弟子三百众，
嗔眉拂袖呀呀啐。
呀呀啐，呀呀啐！
谁道滥片损国粹，
无关格格小赵薇。

其二
小乔：东吴色谍

帐中才罢云雨情，
过江色谍进曹营。
阿蛮煮酒论英雄，
小乔煮茶醉曹公。
美人无敌销剑戟，
槊折难唱短歌行①。
赤壁兵败非关火，
八十三万丧色攻。
妄乎至哉枉乎哉！
尔曹不识曹丞相，
滥改经典留骂名。

2010 年于兰州晚悟斋

①指曹操著名诗篇《短歌行》。

有感大王旗

　　闻"新时期文学"仅指八十年代文学，现今文学已跨越"九十年代文学"而进入"新世纪文学"。断代乎？传承乎？历史失忆，幸也？不幸？

文学十年换一纪，
恍如四季勤更替。
各路文星勤垒城，
城头招展大王旗。
谁堪十年磨一剑，
文坛风流争朝夕。
莫道文章千古事，
多说皇帝穿新衣。

2010 年于兰州晚悟斋

祈福长明酥油灯

奉诗捐款，为玉树震灾的逝者致哀，生者祈福。

环球凉热系昆仑，
三江源水哺亿民。
惊闻玉树动地哀，
党政军民有泪声。
天灾更增西部艰，
玉树浴火待重生。
民生百事尚有期，
祈福长明酥油灯。

2010 年 4 月 28 日于兰州

怀忧平安夜

今岁圣诞节，美国航母入东海、黄海，军演频频，剑指中国。而京华等地富豪、名流的圣诞宴乐，一帖有高至三万元者。醉生如此，社会堪忧，感而赋此。

圣诞火树照高楼，
富豪明星竞风流。
美帝送得航母至，
东海黄海军演骤。
平安之夜不平安，
笙歌宴饮几时休。
国有忧患天知否，
谁解百姓爱国愁。

2011 年 1 月于兰州晚悟斋

贺《兰州晚报》创刊 30 周年
兼赠文艺副刊《兰苑》

勤耕一方园，
沃土育青松。
兰山吹柳笛，
黄河唱大风。
情系陇民事，
忧患不薄文。
唱响革命曲，
经典是正声。

2010 年于兰州

诗记习近平总书记访问甘肃

中共中央总书记习近平同志于2013年2月3日至5日癸巳年春节前夕走访甘肃，到海拔2440米的渭源元古堆村亲访农民生活；到山大沟深的东乡族自治县布楞沟林场看望乡亲；到定西引洮工地慰问建设者。在京工作的小女感动于总书记到访家乡，写诗寄我过目，我改句添词加意，诗记习近平同志的甘肃之行。

<blockquote>

问道东西南北中，

共富才是大事情。

渭源山村访贫苦，

东乡族里看乡亲。①

农民之子爱农民，

自古贤者惜草根。

傍富添花假人多，

忧济元元见明君。②

</blockquote>

2013年癸巳春节初一夜于兰州

---

①东乡族是我国独有的少数民族之一，信奉伊斯兰教，世居洮河西岸，土地贫瘠，民生多艰。

②唐代诗人陈子昂有"忧济在元元"之句；毛主席对张闻天有"明君"之称，此称有特定的含义，我借经典抒己之见：凡清正廉明、忧济百姓的官员，不论大小，皆可称为明君。

与李禾访问农民诗人张国宏

访问小山村，
国宏欲宰牲。
我解鸡羊缚，
——都放生。
瓜棚豆荚下，
园蔬列八珍。
谈诗日近午，
墙头闻鸡鸣。

1982 年于兰州

陪诗人李云鹏渭源五竹行

　　1982年，诗人李云鹏回乡探亲，邀我们同行，履迹渭源山水，数年后成诗于陇西至兰州。

渭源五竹行，篁村出诗人。
健笔写大川，三行出诗新[①]。
诗人回故乡，邀我结伴行。
灞陵桥上过，渭滨数峰青。
嘉禾连阡陌，豆花送清芬。
径路树丰茂，农舍绿荫中。
远村闻犬吠，树柯有鸡鸣。
闻道亲人归，四邻出相迎。
诗人老宅里，殷殷话乡情。
共道桑麻事，同心说民生。
午宴设庭院，蕨薇并松茸。
一碗浆水面，明月又诗心。
饭后阳山游，修篁伴高松。

[①]李云鹏，当代诗人，资深编审，有《进军号》《忧郁的波斯菊》《李云鹏诗选》等诗著出版，其"三行体"创新诗歌形式，颇受诗界赞誉。

果是桃源地，山水开画屏。

我忽发奇想，在此来结篷。

谈笑论今古，乘兴任西东。

诗人发醒言，笑我诗未真。

君我凡俗子，难效陶令公。

况君多忧思，敢忘家国情？

今日得宽余，且作天真吟。

言罢相视笑，心逐远天云。

玄机对空山，明日计归程。

1985—1990 年于陇西、兰州

赠诗人张嘉昌

　　初识少年张嘉昌于玉门，40 年后，他从文从政，事业有成，近赠诗选《黎明集》。余成诗一首，谢赠。

> 四十年前访玉门，
> 嘉昌迎面问诗径。
> 少年有志成大器，
> 文心政德两明清。
> 最是低调见高怀，
> 上善若水自修身。
> 我愿好风知时节，
> 文人重道官亲民。

2002 年于兰州

赠画家李玉福

　　玉福创作有儿童剧《小雄鹰》，朋辈以此剧名呼为其雅号。中年发奋，学画自成，有青藏写生画展出，余成诗祝贺，期玉福笔墨精进，更有大成。

少年剧坛小雄鹰，
中年学画习丹青。
不向名山摹古意，
偏飞青藏搜奇峰。
得道不必皆童修，
半路出家有晚成。
今朝一展昆仑姿，
雪域佛光见蹊径。

2003 年于兰州

阳关赠诗人何来

依旧烽火台，
何郎今又来。
当年歌一曲^①，
关门为我开。
诗坛张双臂，
慧眼说何来。
弦翻塞上曲，
阳关叠新裁。
岁月沧桑变，
不变是襟怀。
犹负少年勇，
步步登高台。

1994 年于阳关—兰州

①何来，诗人、资深编审，有《卜者》《爱的磔刑》《何来诗选》等诗著出版。青
少年时期在《诗刊》发表《烽火台抒情》，颇受诗界赞重，有"甘肃少年诗歌天
才"之誉。

赞女画家顾启娥

　　我与诗人于辛田相识并共事半个世纪，尊于辛田夫人顾启娥为大嫂，她老年学画有成，是陇上"八老女画家"之一，余奉诗一首致敬。

古稀丹青手，
朱墨写春图。
淡泊心志远，
江山笔底收。
我欲入画梦，
多事总逢秋。
何日学大嫂，
春山逍遥游。

1995 年于兰州

赠老革命剧作家武玉笑

陪放羊娃出身的剧作家武玉笑回延安，在中央大礼堂他静坐良久，这里曾为毛主席演出秦腔《血泪仇》，他饰演了剧中人物"羊娃"。

> 不重浮名不重官，
> 胸有劲节放羊鞭。
> 少年荷笔文坛老，
> 一生才情寄天山。
> 岂是游子无归意，
> 十部大戏献延安。[①]
> 岁月不老血泪仇，
> 杨家岭上一泫然。

1996 年于兰州

[①]武玉笑，作家、剧作家，创作有话剧《远方青年》《天山脚下》《爱在心灵深处》《大雁北去》等十部。

悼农民诗人任国一①

1984 年，《飞天》在陇西举办小说笔会，我约任国一来改善一段生活，他来了，说生活已经无忧，让我不要再牵挂。几天后，留下一篇散文、一封信不辞而别。此君乃渭源一竿梗竹也。

三年度饥馑，
背粮走关中。
胸中有明天，
诗歌光明行。
温饱入户日，
堂悬感恩心。
诗人千百众，
各自写人生。
哀君逝英年，
忆君泪沾巾。
悼君灞陵桥，
渭水长向东。

1996 年于渭源

———————————
①三年困难时期，甘肃渭源一带农民到关中"背粮"，秦陇一家，陕人尽力相助；任国一千里背粮，仍不忘写诗歌颂社会主义好，此乃农民心志也。

赠诗人画家汪玉良

唐汪学士博才艺，
"米拉尕黑"出惊奇。
东乡文学从头写，
"雅尔塔人"一支笔。①
诗家更兼绘事工，
素写梨花乱点梅。
问君如意更何期，
笑看花鸟悟天机。

1998 年于兰州

---

① "雅尔塔"是东乡族古称。汪玉良整理的长诗《米拉尕黑》等，是东乡族口头文学以文字记述的创始之作。

悼闻捷

　　《闻捷全集》的出版，是对中国诗歌史上一次精神创伤的平抚。在甘肃文艺界隆重举办的"《闻捷全集》出版座谈会"上，我发言中的几句韵文，现抄录如下：

才华屈未尽，
无路入黄泉。
诗魂归仙处，
崔嵬见天山。
天山高峻极，
并肩宝塔山。
一声信天游，
诗人回延安。

2002 年于兰州

老革命书画家陈伯希八秩寿祝

老革命陈伯希，鲁艺人物，曾在一野政治部任职，乃余之前辈。今八秩大寿，余奉诗敬祝。

德高望重老革命，
陇上书画尊陈公。
八秩悬腕写大幅，
健笔凌云老鸿心。
曾是军中荷毛卒，
忠诚睿效彭将军。
进城建言倡画院，
一封朝奏贬十春。[1]
复出矢志践前愿，
白蹊画室聚萃英。
翰墨丹青庶民德，
明月梅花诞三生。

2002 年于兰州

---

[1] 陈伯希转业后任甘肃省美二室主任，因上书建言成立宋代画院式的创作机构，获罪十年。

赠作家曹杰

作家曹杰于 1952 年在玉门油矿代职深入生活，曾在玉门王进喜任司钻的钻井队任副队长，与铁人结下深厚的友谊，我在散文《中国油田的守望者》一文中有详述。

津门小子走玉门，
钻井台上识铁人。
五十年来常守望，
甘做石油文学人。
名大名小任由之，
何处油田不识君。
更有铁人赠奇草，
湿死干活慰平生。[①]

2003 年于兰州

---

① "湿死干活"是一种穗状的沙生植物，用线系根吊挂在天光下，随处可以开花，而临水即枯。

赠诗人书家姚文仓

诗家姚文仓虽居高位而平易近人，善待文事，与陇上诗界友谊笃厚，余成诗一首敬赠求正。

八月兰山同赴盛，[①]
诗人兴会共论文。
温良敦厚尊诗教，
文章载道扬仁风。
感君风浪曾携手，
和衷共济同舟行。
爵高不忘同志义，
普进文章合有名。

2004 年于兰州

[①] 1995 年甘肃诗界举办了盛大的"兰州诗会"，全国各地包括甘肃诗人 150 余人参加。

赠诗人高平

　　高平与我年轻时分别在二野、一野当兵，皆从部队走进诗歌行列。读君近作《步行进藏纪实》，倍感亲切，奉诗一首，谢赠作，共慷慨。

> 了然斋主一卷文，
> 步行进藏大写真。
> 险山恶水重飞渡，
> 后生直追老红军。
> 正是诗坛好时光，
> 西南崛起诗人群。
> 劲锋诗笔作佩剑，
> 大雪纷飞登昆仑。

2005 年于兰州

缅怀诗人夏羊大兄

夏羊大兄仙逝时，余旅居北京，未能灵前送别，缅怀于心。今成诗一首，作诗人逝世七周年祭。

有联：
策杖行吟黄土地
诗人独爱苜蓿花

浮名弄轻尘，文章寸心知。
黄土淳风厚，字字皆清真。
文植旱塬柳，诗播大地春。
更守杏林愿，桃李耀眼明。
晚蚕丝尽时，犹作秋鹤鸣。
斯人仙归去，陇上留清音。

2007 年 12 月于兰州

梦中遇伊丹

　　甘肃属贫困地区，离退休老作家深入生活，旅费难求。藏族诗人伊丹才让生前每次必呼吁"给些盘缠（差旅费）"。如今诗人驾鹤西去，终是钱囊空空。梦中所感，起坐记之，作诗人逝世三周年祭。

　　　　　　青藏路上遇伊丹，
　　　　　　言说要去朝雪山。
　　　　　　诗囊丰厚钱囊空，
　　　　　　最难心者无盘缠。
　　　　　　说到朋辈同哀处，
　　　　　　梦中杨子湿青衫。
　　　　　　相约来年诗人节，
　　　　　　我为兄弟化纸钱。

　　　　　　　　　　2007 年 10 月于兰州晚悟斋

重阳怀李禾

作家李禾，《飞天》资深编辑家，对甘肃乃至西北新时期小说作家群的崛起竭尽编辑之力。退休归里，多年未曾晤面。今又重阳，寄诗一首，以慰渴念。

> 几度重阳几度秋，
> 知交零落老病休。
> 李生归里去不回，
> 飞天故友空置酒。
> 金城不是伤心地，
> 人生如意难八九。
> 兰山远念长安客，
> 何时西来共觥筹。

2008 年于兰州

祭作家资深编审清波

　　1957年"反右"将结束时我转业到甘肃文联，正赶上交心运动，我和清波是两个重点。他的问题：一是对文艺直接配合养猪有异议；二是传达过秦兆阳的现实主义深化论；三是解放前发表过"反动作品"。但他幸运过关了，调入作协《红旗手》。我因附和"一本书主义"，"鼓吹公刘的诗"被大会裁定延长党员预备期一年，留守文联。1958年清波因交心的那几个问题补划成"右派"，体罚劳动。1961年文联作协合并，我调入《甘肃文艺》，组织决定清波调入编辑部看复稿。受支部委托，我为清波写了一份甄别报告，却赶上全国"反击右倾翻案风"，我作了检查。"文革"中一起下放干校，我做了一段专案工作，又做过甄别努力，未果。清波下放靖远煤矿。改革开放到来，"右派"平反已是大势所趋，清波归队，提出入党申请。仍然是那封平反书，我作了介绍人的报告，令人唏嘘。

　　　　一封一平书，阅世二十年。
　　　　清波入党日，我做证者言。
　　　　时光如流水，历史一座山。
　　　　好人受屈枉，正果入灵山。

　　　　　　　　　　2011年于兰州晚悟斋

祭诗人资深编审于辛田

1962年甘肃文联与兰州作协合并,我调《甘肃文艺》。于辛田申请入党,组织指定我为介绍人。他为自己设了两道"门槛",一是解放后他先加入一个民主党派,二是解放前参加过缅印抗日青年远征军。前一道并不是绝对不可逾越,而后一道作为"历史问题"则是难越的。直到改革开放,思想有了新的审视,他被任命为《飞天》副总编,随后入党。抗日战争胜利60周年时终于获得纪念奖章,令人唏嘘。

> 革命陵园送辛田,
> 悲痛欣慰两潸然。
> 缅印抗日光荣史,
> 今日论定方盖棺。
> 好青年,好同志,
> "我是党员不抱怨"。
> 荣辱淡定飘然去,
> 九十寿者归松山。

2011年于兰州晚悟斋

赠诗词家林家英教授

　　诗词家林家英教授献身甘肃教育事业半个世纪，大爱大美。年轻时上讲台，学生专注看人，听课走神，此亦真传。余自度新古体一首，赞之，记之。

> 惠安女子美，走步很是水。
> 娉婷上讲台，满堂骋目奇。
> 男生整领袖，女生理裙裾。
> 从此课堂上，循循守纪律。
> 讲罢闺中月，又讲舞剑图。
> 大漠孤烟直，燕山雪如席。
> 豪放婉约词，声声咏唱里。
> 从此课堂上，学生重音律。
> 我识林教授，沧桑半世纪。
> 岁月添华鬓，更塑家英美。
> 谆谆传诗教，勤勉育桃李。
> 不嫌甘肃苦，嫁作陇原女。
> 人生何为美，大爱是大美。
> 我度新古体，奉赠惠安女。

2012 年于兰州晚悟斋

赠文学评论家季成家教授

　　文学评论家季成家教授以社会捐资创办《丝绸之路》，成为全国名刊；编写《甘肃文学四十年》，成为一部信史（诗人高平有"立起一座碑"之语），功绩可赞。

编刊创条路，
写史立座碑。
成家光焰在，
身退留功绩。
季子何煌煌，
治学无邪思。
教授尊师道，
前行是吾师。

2012 年于兰州晚悟斋

祭诗人雪犁

　　诗人雪犁乃省出版社资深编审，责编孙敬修、鞠萍故事丛书载誉全国。君曾任《甘肃文艺》党小组长多年，"文革"中经常被拉站在我身后陪斗。

弦板锣鼓起，
秦腔开正声。
乡人葬亲除旧俗，
坟头唱哀音。

我与君共难，
半世兄弟情，
斯日若悼坟头祭，
洒泪唱祭陵。

2011 年于兰州晚悟斋

赠诗家王长顺

天降人才不一格，
发奋自学自成才。
诗山有路勤为径，
肯登攀者登高来。
长顺工伤志不残，
潜心诗词二十载。
半路修行业有成，
诗家名里并肩排。

2010 年于兰州晚悟斋

赠书法家诗家王创业

　　我与创业同在兰州东教场当兵，又于甘肃文艺界共事，今君我皆年过八秩；君有墨宝见赠，我奉诗一首，同抒兵气共慷慨。

当年教场同演兵，
耄耋兵气犹在身。
君健诗书担道义，
索靖渗笔藏甲兵。
我愧无才写春秋，
只将诗思牛刀挥。
外敌侵我患未消，
常闻教场军号声。

2012 年于兰州

赠诗人书家于忠正

忠正同志禀性仁和，诗书温良敦厚，蒙赠《神韵集》。余不惭陋拙，以新古体诗一首奉赠敬谢。

> 书法承秦汉，
> 唐宋悟诗宗。
> 诗成开胸臆，
> 悬腕法髯翁。
> 忠正人忠正，
> 做官有清名。
> 作为孺子牛，
> 今作不闲翁。
> 诗书非逸趣，
> 总关家国情。
> 高怀见大爱，
> 和气得天真。

2012 年 10 月

悼作家赵燕翼

　　我与赵燕翼君相识共事数十年，君乃甘肃古浪人，关西汉子，做过牧工。1959年他去天祝牧区深入生活，归来送我一瓶蜂蜜；又三年，他的小说集《草原新传奇》在上海出版社出版，受到文学界赞重。

　　老兄在悦宾楼请我享用了一次什锦火锅。君乃是一个心怀乡土、文接地气，追求民族特色、中国气派的作家。君老年又研习绘事，画驼颇有神韵，许诺送我一峰。不料君却骤然逝世，悲痛难已，作诗歌以祭，送君魂归故里。

> 草原牧得名篇归，
> 一品火锅吃传奇。
> 更诺送我一峰驼，
> 八秩寿辰作贺礼。
> 哭君骤逝愿未了，
> 我题君驼谢君谊。
> 愿乞神峰千里足，
> 送我燕翼归故里。

2012年于兰州

赠农民作家金吉泰

农民作家金吉泰以小说《醉瓜王》走进甘肃文学队伍，我与君相识于 1965 年甘肃省首届创作会议，数十年间友情笃厚。值君八秩大寿，奉诗祝贺。

> 陇上金吉泰，
> 文坛田舍翁。
> 幼学知稼穑，
> 耕读立门庭。
> 锄下岁月稠，
> 笔底苦乐深。
> 文章写大块，
> 天地一草根。
> 劳作报春晖，
> 拳拳雕龙心。
> 固穷守初志，
> 荡荡君子风。

2012 年于兰州

赠剧作家石兴亚

石兴亚，人称"夫子"，他改编的秦腔《善士亭》入选甘肃国庆十周年献礼剧目。名伶王晓玲饰演主要人物孟月华，更为《善士亭》增彩。余成诗忆旧，并撰一联："盈耳尽是他乡曲，陇原百姓想秦腔"。祝夫子走走行行，健步如昨。

有联：
盈耳尽是他乡曲
陇原百姓想秦腔

走走行行五十春，
陇上剧坛一能公。
我祝夫子少壮时，
君出秦腔《善士亭》。
高手塑得善良妇，
批判封建发正声。
青衣水袖揾人泪，
兰州空巷看晓玲。

2012 年于兰州

赠张卫星

张卫星生年苏联发射卫星成功，前辈老干部张继成以"卫星"为子命名。卫星做老干部工作，敬业守正，余成诗敬勉。

当年东风压西风，
社会主义有阵营。
苏联空天登先足，
继成命子名卫星。
父辈革命儿励志，
与国同步循规行。
守勤守纪走正道，
本本分分官七品。
将致仕，还年轻，
与党同圆中国梦。
嫦娥载人登月日，
家祭毋忘告令尊。

2013 年于兰州

赠杨东英

　　我识杨东英十余年，她做老干部工作尽心尽责，我以藏头诗一首敬勉。

杨木世佳木，

东风染先绿。

英华盛春夏，

百鸟鸣翠树。

岁月松寿祝，

人有柳阴福。

女作堂前燕，

儿郎英才出。

正常百姓家，

安知无秀株。

我作杨柳词，

赠予东英女。

2013 年于兰州

农民文学人诗人刘居荣

定西农民刘居荣多次放弃任公职的机会，谱写自己的文学人生，创办"杏花文学院"，出版《杏花》丛刊，为农民业余作者开辟了一方园地，余成诗一首，深表敬意。

胸怀家乡黄土情，
遍栽杏花耀陇中。
他年林丰果茂时，
众人争阅刘居荣。
刘居荣，乃农民，
务庄稼，播诗文。
文事不为稻粱谋，
愧煞我辈食禄人。

2013 年于兰州

农民诗人刘志清的苦荞情

　　甘肃农民作家金吉泰，诗人刘志清、任国一、张国宏参加了1965年全国文艺创作积极分子大会，我在我的文集散文卷中，有《陇上文坛四君子》一文详述，不另序。

行行汉水滨，春望刘志清。

直奔"垦诗田"①，怆怆会老农。

蓦见故人来，志清语哽哽。

相握田头坐，眼前荞花红。

诗话无从出，直抒苦荞情。

几度养花织，翻身枯草俊。

荞麦儿度熟，长诗叙红军。

立于诗歌堂，农民有诗人。

曾赴京城会，文坛重草根。

志清吸锅烟，歇歇再起程。

割开连山雾，唱老苦荞情。

告别登古原，难舍惜别情。

怆怆复怆怆，关窗遮双睛。

2010年

————————————

① 多年来出版收取书号费，礼县县委鉴于刘志清困难，特许他在汉水滩开一方"垦诗田"，为钱耕作。可感用心良苦。

附录：友人赠杨文林诗

赠甘肃省文联副主席、诗人杨文林

李汝伦

诗心风度共飘然，
赠我雍凉万里天。
遥指蜃楼波满地，
南云常绕雪祁连。

自河西返兰后席上口占呈杨文林

马斗全

喜得寻诗陇上行，
河西访罢又金城。
未知何日重相见，
只解难忘是盛情。

拜访杨文林主席

王长顺

年少从戎志未休，
含辛茹苦几经秋。
广闻博学系民瘼，
沥胆披肝为国忧。
育李培桃绛帐设，
遣词造句小童讴。
以诚相见关风雨，
流水高山禊事修。

1996 年

2005 年 5 月 23 日省文联《讲话》座谈会聆听杨老发言有感，口占七言四句以呈教

张文轩

声越黄钟气若虹，
古稀益壮颂农工。
江河日夜淘沙去，
万世高歌毛泽东。

赠诗人、编辑家杨文林

李云鹏

灯举华年频夜半，
嫁衣勤做暖人怀。
稿田沥血培新秀，
文苑振肩推俊才。
书剑半生钦老骥，
诗文两卷誉吟台。
忆聆桥上将军令，
令我茅塞豁洞开。

拜读杨文林吟长诗文集感赋

陈　福

六十春秋文艺路，起伏坎坷鬼神惊。

心头总系黎民苦，笔下常流故土情。

两卷诗文警后代，满腔义愤祭亡灵。

岁月沧桑诗伯老，恒言韵语皆心声。

2011 年 11 月 25 日

东、毛泽东和周年毛而了亲切情
义溢挥记读诗话查毫上毫下识工袋
朋坊义多远才而志锺敬寄氏萤鸣人
首荣私鸣洹洧楷幽送荣才睡兜
宛念毛主席诵治六十四周年 杨文林诗书

庭前花一樹窗後幾修竹心怡苑
外見松崗深山聞鷓鴣闆山春訊
遲総被霸雪誤此苑四季都開花
不賴東君主

楊文林 一九八七年四月題中國作協深圳鳳麟山創作之家紀念冊詞一首
二零一二年四月於北京自書贈飛天放友德岩同志

凉风起天末，君子意如何。鸿雁几时到，江湖秋水多。文章憎命达，魑魅喜人过。应共冤魂语，投诗赠汨罗。

杜甫《天末怀李白》临李白

杨文林

陇上金吉泰文坛田禾翁，幼学长耕

稼精读立门庭，锄下来了稠学庵老

乐深文章习大堤土地一犁根劝化垠

寿晖拳华雕就心间彩书初志萬苗

多子国

吉泰老弟作家杂家也著述颇丰以小说师瓜王登山文坛童话作品为蓋

全国宝典辛卯八秋摘军耕不致军耕小孙余诗出以赞作五十五秊春情之记念

杨文林 壬辰秋月

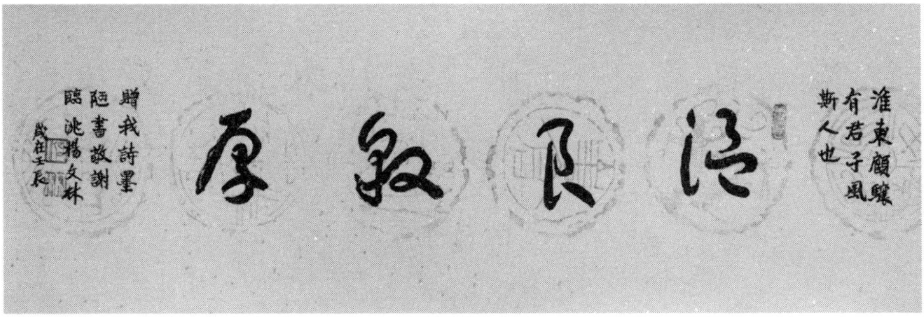
淮東顧驤有君子風斯人也
温良敦厚
贈我詩墨随書致謝臨洮楊文林
歲在壬辰

苍龙日暮还行雨，老树春深更著花

——《杨文林诗文集》读后

陈德宏

　　面前摆着散发着油墨清香的《杨文林诗文集》（作家出版社2011 年 10 月出版）诗歌卷《北草南花》和散文集《陇头水泊》，蓦然想到今年是老诗人的八十寿诞及从事文学创作 60 年，真可谓三喜临门。无论是八十大寿，还是创作 60 年，对人生对文学都是很高的标志，应该庆祝。可是因老诗人的为人低调，也可以说因某个环节的疏忽，错过了。因此，读老诗人的新著便有了特别的感慨：这哪里是普通的诗文集啊！它分明是杨文林一个甲子的文学情缘，是他汗水、心血与智慧的结晶，是他文学圆梦的记载与见证，换言之，是他生命的光焰。

　　没错，杨文林是视文学为生命的，这两本集子的成书过程，就足以成为鲜明例证。就诗文集的素材而言，是他数十年的生活积累，而写作成书却是近十年的事。也就是说真正把素材及"半成品"加工提炼成作品，是在他脱离开纷繁的文学领导岗位之后才动手完成的。此时正是他年届"古稀"至年逾"古稀"的人生阶段。对一般人而言，这正是含饴弄孙、安度晚年、享受天伦之乐的"收官"阶段，而他却依然为圆文学梦青灯伏案、孜孜以求。此情此景，不禁令人肃然起敬。对此，我尊之为"杨文林精神"。

很难用"厚积薄发"来概括这种精神，杨文林信奉的是"慢工出细活"。

"十年磨一剑"呢？亦似不妥，成书用了十年，而生活的积累与储备却要向前延伸10年、20年、30年……

"只要功夫深，铁杵磨成绣花针"呢？有点贴切，但不传神。

倏然，明代大学者、大诗人顾炎武的诗句涌上心头——

　　苍龙日暮还行雨，

　　老树春深更著花……

对文学梦想的追求与行政领导及编辑工作的冲突，长期困扰着杨文林，有时令他痛苦不堪。杨文林自叹："同人们期望我老树著新花，而我却没有顾上写诗，不能说不是因为忙，编刊物，办笔会，建宿舍，跑经费，要编制，干了很多和写诗无关但和文联、作协、刊物有关的事，加之，有些年里思想纷争，常作检讨，心情不好，新时期的前十多年间竟无一首新作发表。"（《杨文林诗文集》诗歌卷《北草南花·后记》）。

杨文林所钟爱的文学创作，几乎要被他所竭诚投入的卓有成效的文学组织活动及编辑工作所淹没。

其实，愚以为还有更深层的原因——杨文林对文学的执着、挚爱与虔诚，由神圣而敬畏，任何对文学创作的不严肃、不认真的轻慢行为，都被他视作对文学的亵渎。所以他积累的素材甚多，而动手写作的甚少；而写成初稿，经过再三修改、推敲拿出发表的作品则更少。

用心良苦，必有回报。这反倒成全了杨文林，形成了他创作的独具特色——少而精。在红极一时、各领风骚三五年的作家、诗人纷纷"江郎才尽"之时，杨文林却达到了"庾信文章老更成"的大化之境。进入20世纪90年代，《人民文学》《延河》《飞天》推出了他的散文，篇篇堪称精品——《天鼓大音》，蕴含着浓郁的陇原民俗文化，充盈着动人的乡情、乡音、乡韵；《陇头水泊》，牵动陇人与生俱来的盼水、敬水、思水的神经，满怀对家乡自然生态恶化的忧思、忧虑与忧患，氤氲着浓浓的文人情怀；《宝石蓝的华沙车》，叙写文坛轶事，感时抒怀，楚楚动人；《豆饭荞食忆》，回忆的是过去，而针砭的却是当下时弊……

十多年前老诗人曾有一次赴德国的探亲之旅，行前他放出豪言："这次到德国去，一项重要任务，就是给德国人讲马克思主义，让马克思的故乡人见识见识咱中国人的马克思主义水平！"

这件趣事已过去十年多了，杨文林的探亲之旅也是去了复来，来了复去，从未听说他在德国讲马克思主义的"盛况"，倒是读到了他一篇接一篇地刊于《人民文学》等刊物上的厚重而充满文化意蕴的散文——《一面坡上的酒风景》《克林根酒村的小康》《诗哉，酒哉》《文明的纽带》……

这些散文，一改沿袭了数十年的介绍异国风情的旅游散文窠
臼，直接深入德国这个古老而又弥新的国度，以文化为契入口，
让读者感同身受，同作者一起观摩、体验、思索不同国家不同文
化的多元共存及它们之间的相互影响，相互交融。因此，我们完
全有理由称这些散文为文化散文，而且是大文化散文。这儿的
"大"不是指篇幅的浩繁冗长，而是指题旨、视角、眼光及胸怀。

文如其人，指的是文品与人品的统一。杨文林其文品与人品
可以互相印证，互为诠释。他为人热情，对人真诚，重友谊，讲
义气，乐于助人，又常常心怀感恩。

李季、闻捷 1958 年来到甘肃，担任甘肃省作协主席、副主
席，兼任文学刊物《红旗手》（《飞天》的前身）的主编、副主
编。正是李季、闻捷对杨文林的赏识与提携，让他实现了由"杨
中尉"到"杨主任"（编辑部）的人生转折，走上了他梦寐以求
的文学之路。当时，杨文林只有 26 岁。

"文革"中闻捷被打成"反革命"，关"牛棚"进干校，在那
人人自危的年代，许多人避之唯恐不及，而杨文林却利用出差
路过上海的机会，前去看望闻捷——这正是闻捷含冤死去的前一
天。患难见真情。没有见到闻捷，成为杨文林终生的遗憾，但
"却深深地记住了他生于兰州、母亲已含冤去世的孤零零的小女
儿赵咏梅一双透着茫然的、怯生生目光的眼睛。这是一种难忘的
悲情，使我牵思 30 年……"（《陇头水泊·后记》）

上世纪 90 年代以前，杨文林是不写散文的，而当 1979 年闻
捷冤案"平反昭雪"的消息传来，他竟用一个不眠之夜，写出了

情思井喷但泪如雨下的《悼念闻捷同志》的长文，读之，令人扼腕叹息，唏嘘不已，感人至深。

2002 年《闻捷全集》出版，杨文林在兰州组织了盛况空前的"《闻捷全集》出版座谈会"，闻捷的生前好友、闻捷的女儿赵咏梅、上海文学界的代表等 200 多人出席。会后他又亲自带领赵咏梅经陇东赴陕北闻捷工作过的地方及她的母亲的故乡访问，为赵咏梅补上了温馨的一课，体会到了父辈的关怀及大地的温暖……

乡土情，民族情，同志情，文学情，以情动人，以情感人，是杨文林做人的成功之处，也是他为文的成功之处。有一篇《陇上文坛四君子》，写老诗人金吉泰、刘志清、任国一、张国宏四位农民作家、诗人半个世纪的情谊，以及这四位农民作家、诗人的文学道路及人生际遇；见人，见事，见思想，见作品，很生动，很感人。

杨文林写于上世纪 80 年代中后期的诗，其历史的纵深与穿越，文化的积淀与厚重，视角的独特与开阔，意象的微妙与新奇……拿今天的审美眼光看，也属上乘之作。有一首抒写帕米尔高原的诗："帕米尔出生时海水退去／岩浆雕塑的万山之祖／把赤裸的躯体交给大地／而把面容埋进了云里"。气势不凡，一开始就写出了帕米尔的惊世骇俗，卓尔不群。之后，一泻千里，直抒胸臆："站在帕米尔的肩上，能听见／印度洋和大西洋的涛声／抓一把空气，能闻见／吉尔吉斯草原的草香和黑海的咸风／西瞥一眼，能看见／雅典的宫殿和罗马的古城／东望山下，连着万里长城／能听见一路响来的汉唐驼铃"……

读老诗人的《北草南花》，你既能感受到作者对诗的风格的一贯坚持与继承，也能感受到其诗风的发展与变化。他的后"伊犁篇"——新时期西部行吟，较之前"伊犁篇"，在诗质诗艺的开掘上都有了深入与升发，上了新的层次，达到了新的境界。老诗人追求变化的诗风，在"南国篇"中更为明显，他以西部诗人的眼睛与视角，寻觅南国自然、山水、草木、花卉之美，熔铸短章，别有情趣。

1985 年 7 月"西部文学研讨会"在伊犁召开，闭幕式上，杨文林朗诵了他的即兴之作《鲜红的象征色》。其中有这样的诗句："我没有走进伊犁河渔场／那里离国界太近／沿着开阔的伊犁河谷／拉着苏维埃共和国的铁丝网／／……鱼族没有国籍／在那边下游恋爱／在这边上游生育／度过一年一度的蜜月／再回巴尔喀什湖生息／如果，不幸触上这边或那边的河栅／也会酿成别离的悲剧"……

渴望中苏关系的解冻，渴望国家与国家、民族与民族之间的沟通、理解与和谐……杨文林的诗唱出了新疆各族人民的心声，因而受到了与会者的热烈欢迎，特别是维吾尔族和哈萨克族朋友，不仅鼓掌，而且起立欢呼。一位维族诗人走上台去，与杨文林又是握手，又是拥抱，"唠"了半天之后，又把他们的民族宝典——枕头般厚的大书——《福乐智慧》赠予杨文林，以示谢意。

原载 2012 年 4 月 2 日《文艺报》

诗音天鼓也相宜

——也谈杨文林诗文中的爱国主义情怀与贫不薄文的黄土精神

苏震亚

新时期以来，在甘肃乃至中国西部文坛，杨文林先生德高望重，许多中青年文友心目当中，他是位以扶掖文学新人为己任的大编辑家，以文化促进、文化发展为目的的社会活动家，很少为诗作文，从而隐了诗人作家的本真。其实，本真的杨文林先生首先是位实力派诗人，然后才是大编辑家、散文家。不过，这也难怪大家当初的认知，谁要他放下自己十多年的文学积累不去抒发整理，却一门心思地主编《飞天》，组织一次又一次发掘新人（包括后来成为名家的贾平凹、梁晓声等在内）的文学笔会呢？又要不遗余力地恪尽西北文化研究会副会长的社会活动职责呢？！

　　"我写作以诗歌散文为主，写诗 300 余首，1981 年出版诗集《北疆风情》，此后至今，又发表诗作 20 余首。90 年代中期以后，以散文写作为主，发表近 20 篇，尚未成集。"

　　这是新世纪的 2000 年夏月，通过甘肃省作协、甘肃日报社"陇军风采"人物述评组织者提供给我的出自杨文林大半生创作生涯的总结性文字。在我看来，这段不加任何修饰评论的文字，既是他为文表述向来言简意赅的又一文本再现，也是先生曾跟随李季、闻捷多年，养成从不露自家，更不溢美自家的真实记录！这却依然无碍我聆听先生早年唱响的诗歌和以文擂响的天鼓大音。

一

　　早年投笔从戎，作为革命军人的杨文林先生读书甚多，写诗颇早，于解放前的 1948 年就发表了《雨天》等处女诗作，是迄今为止仅列西部拓荒诗人夏羊之后，填补 40 年代甘肃无本籍诗人空白的一名中国西部文坛宿将，因诗文中或彰显或蕴藏的爱国主义情怀与后期大力倡导的贫不薄文的黄土精神而成为真正意义上的文化人。新中国成立以来，伴随着共和国伟业的蓬勃生机，热血青年杨文林诗人气质日见显明，文运随国运昌达。他拥抱祖国热土，讴歌社会新生活，让大量热爱新中国新生活的诗作飞向北京和全国各地报刊，到 50 年代末 60 年代初，其诗名不仅陇人大知，而且已打向全国诗坛。当时杨文林还不及 30 岁，是甘肃诗人小分队中在全国文坛最活跃者之一。这可以从他连续发表在《人民文学》《诗刊》《文艺红旗》《延河》《甘肃文艺》等全国性文学期刊上的大量诗作得到印证。

拥有艺术个性的抒情诗人杨文林，为诗情怀之大是胸有新中国宏业的，因而视野开阔，题材宽泛，加上细腻独到的诗艺审度，往往是小中见大，由小事而大事，由个人而国家民族，都系上了他年轻的诗情；由具体的物象而至诗的意象、意境，临源而歌，情意滚滚。他爱山乡农女，是因为"农女纯洁／粗布衣增添了春天的颜色／睫毛发梢上满是泥土的气息"。如此爱人民、爱土地的诗文情怀，让人在瞬间感受中就与大诗人艾青深爱祖国土地的名句"为什么我的眼里常含泪水／因为我对这土地爱得深沉"相提并论，或有诗质动人的同感。是的，和艾青一样有着在旧中国生活经历的杨文林，虽然没有像《大堰河我的保姆》那样的情感纠葛，其少年时光全是在旧的社会制度下度过的，有对旧制度深恶痛绝的真切感受，是个向往光明向往进步的诗者，所以当他于 1949 年 8 月毅然参加中国人民解放军，于第一野战军后勤学校政治艺术科学习，旋即成为《西北后勤报》记者、编辑，并以这种神圣职业的豪迈气度放目热气腾腾的新中国时，感情之纯、诗文之丰，则是必然之中的事。记者的职业让他走南行北，这也正好丰盈了他年轻诗心的生活素材，于触景生情中产生大量有不同地域特色不同感受的诗作。在新疆伊宁，面对纯厚晶洁的雪晴，他情不自禁地吟道：

> 伊宁啊，未见你时似在天边
> 见了你亲近得像在心窝
> 大自然给了你这独厚的雪

时代装点了风流的春色

在甘肃天水目击社会主义新农村土地上的农女,他情理并重,美誉之下,农女"是田野上勤奋的布谷鸟／不停地飞,永远不知道疲劳／那滴进土地的汗水是珍珠／歌声是激溅在禾苗上的春雨"。而当他有幸进京并能在人民大会堂红灯骤亮时仰视穹顶,其亮闪闪的诗眼和炽热的心际便有了诗的《红星》,这红星大而红,闪又亮,让他通过一段诗之感情的流程,串联"漏屋"顶上的"寒星""天灯",继而想到战士头上的红星之神圣光泽,由此"自豪肩头也分担着祖国的星月一片／在红旗下启程长征"。这般寓赤子情于祖国母体的小战士大诗人情怀,在他当年的诗作中是不难发现的。如在《车轮旋转》的"三匹骏马的马车"上,他看见的是"十三个民族在车上／载着天山,载着草原"前进的社会主义景象。所以只有他眼中的《伊犁人在马背上》,"才是一座真正的山峰!","马背上扔掉了哈萨克的苦难／马背上迎来了民族的新生!"

《北疆风情》是目前为止诗人唯一的一本诗集,选自他50年代到新时期之前写作发表的300余首诗作,属于那个阶段他全部诗作的精品。纵览这本诗人拥抱共和国热土的情怀集,全部诗作的共同点是:诗中有事,事为国土人民之事;事寓情中,情系国家人民。时代特征突出,听党召唤,为祖国建设而歌的诗风明显,其纯正、矫健、崇高的诗质和明快、活泼、长于细节叙事的技巧和手法,十分鲜明纯熟,也是为当时的诗坛大家所公认了的。这也可能就是杨文林当年的诗歌创作能走向全国的主要原因吧！当时在诗坛引起反响的就有组诗《响在田野上的短笛》（见《人民文学》1957 年 8 月号）、《敦煌棉田曲》（二首见《诗刊》1959 年 9 月号）、《车辙》（见《人民文学》1964 年 3 月号）、《伊犁风情》（八首见《文艺红旗》《甘肃文艺》）、《一朵苹果花》（七首，见《延河》《甘肃文艺》）、《工业的副刊》（七首，见《甘肃文艺》《鸭绿江》）等。这些诗作都与热气腾腾的社会主义事业的新人新事有关。《工业的副刊》，至今看来，无论构思的精巧还是想象的奇特上，仍然是十分新颖别致的，不失耐读的韵味。如"副刊"《栏一》："大西北被分成零星的地产／工业分据了所有的地盘／贮油的戈壁／藏矿的群山／连远古的石头也由水泥工业分管／／诗人哪，该给你挤出多大的空间／为工业编一块诗的副刊？／喏，只好将这戈壁这山全给你／只要你能像汽笛一样为工业呐喊。"

正因为他当时的诗歌创作有了这等至今显好的水准，所以《伊宁雪晴》（五首）、《林荫道啊林荫道》，分别获甘肃省、西北军区第一届文学作品优秀奖。从而从客观上将当年的他推上了全省乃至西北著名、知名诗人的地位。只可惜啊，正当诗人的创作进入成熟的高峰期，并以大踏步姿态向全国名诗人行列迈进时，"文革"风暴横空突来，诗人杨文林和好多文化人、学者和知识分子一样，未能幸免那场劫难，而使他诗的歌喉暗哑了多年。由于长期的"五七干校"劳动改造锻炼，后来虽然为诗老辣深刻，却少了些许激情，况且他辍笔数年重返文坛后，真是以编好刊物为先，力重培养文学新人，很少个人化诗文写作。更为可贵的是，这位热爱党、热爱祖国、忠于人民的文化人，无论受何等委屈，无论编辑、写作，流淌在血脉里的爱国主义情怀不减，在血浓于水的恪尽本职工作——编辑、总编岗位上，其敬业为人做嫁衣裳的执着与认真态度，为同事、知情者感佩，其编辑育人的过程，真实地反映了诗人作家在那段文学生涯中的另一种充实与贡献。

杨文林自上世纪的 1949 年 8 月参军从文，1957 年转业至甘肃文联，他跟随李季、闻捷、李秀峰等文学前辈从事甘肃文艺工作，到 90 年代末离休，他赖以生活和安身立命的工作是长达 40 年之久的编辑，而非专业作家。所谓诗人、作家，用他自己的观点则是近亲编辑的副业高手之称了。他历任《西北后勤报》记者、编辑，《陇花》文艺月刊编辑、《甘肃文艺》《飞天》总编辑，先后主编甘肃文学作品选集 14 部。曾获国家新闻出版署颁发的文学编辑、出版工作者荣誉证书及中国作协首届文学期刊编辑荣誉奖。就这，确实也应该是对他那个阶段少了诗文创作的补偿性解释了。况且他毕竟还没有辍笔，而且是在用心写，所以凡出手的作品，或诗或散文或评论，较之先前明显老辣厚重，并多为精品。其中发表在《诗刊》上的组诗《南粤鹧鸪天·诗之祭》和《绍兴三首》，分获甘肃省第三、四届文学评奖优秀奖，接续了他在"文革"前就为全国知名诗人的优秀之气。所发《陇头水泊》《天鼓大音》《贫不薄文》《宝石蓝的华沙车》《豆饭荞食忆》等 20 多篇散文，是我近些年来读陇军乃至西部作家中最见大手笔功力的大散文。这些散文中或强或弱，或明或暗，但都有着诗人言行倡导、笔端有情的共同精髓——陇人与生俱来的自强不息的黄土精神！而当我们有了这样的认识，再来体味先生那"很难想象，一个不热爱家乡，不孝敬父母的人，会能够多么多么热爱祖国……"的慷慨陈词，显然是浓烈的爱国主义情怀的基本发育过程和思想基础了。

一

诗人为文，原本情浓辞优。大诗人动笔为文，大多出美文大散文。新时期以来的诗人作家杨文林，可真是以文学编辑大业为重，以培育文学新人出作品为目的为乐事，又身兼甘肃、西北文化研究会副会长，中国作协理事，中国诗歌学会理事等社会职务，少了些诗文写作，后来就直接转为散文写作而不再为诗了。到目前为止，写作发表的不过三四十篇吧，却出手不凡，均为大散文，有理性把握、激情观点、艺术魅力的大散文。《陇头水泊》为先生散文写作的早期作品，但一经在 1997 年 5 月的《飞天》压卷面世，就被《散文选刊》转载。这一年他的第二篇散文《天鼓大音》还发表在 11 月号《人民文学》上，引起散文写作者广泛好评，形成了本年度他的散文精品的姊妹篇。《甘肃文学五十年》为此专门论及，认为"老作家杨文林的散文《陇头水泊》与《天鼓大音》是 90 年代甘肃散文中不可多得的优秀之作。《陇头水泊》文笔凝重深刻，精炼雅致，如'一群水鸟拍翅击水而起，先是掠岸低飞，旋又落入水泊中央，水面画出条条银色的弧线'，作者读书多，文中用典故多且不落痕迹，贴切自然而无牵强附会之象。作者写'在此结庐，真是好梦成真，几处篁村，几处松墅，环湖绕泊，在诗意中隐现'。杨文林表达在清风推波鼓荡的小舟上的思考时说：'大自然的赐予足以使人陶然忘机，油然而生旷达之情，又能上下五千年纵横开阖，思之所及即是笔之所至，显示出深湛的文字功夫。'《天鼓大音》是一篇文化意味浓厚的力作。杨文林的散文在对对象的情感投入及对散文文体自身美的把握上有独到的处理，且有充盈的文化修养底气，善于在悠远深长的意境中叙写文化路途，并将自己的情感贯穿于所描写的大鼓中，使大鼓成了人的本质力量的对象化。他的散文中流露出一种浓郁的文化气息，文化作为一种背景力量，作为一种底气使散文有了一种更高的艺术价值。《天鼓大音》无论是对大鼓形状的描写还是对鼓声的形容，均贴切传神，文思浮游千万里，从古至今，雄浑苍远，有着厚重的历史感和沉郁的民族忧患意识，真可谓文中所言'从历史的深处响来，又向历史的远处响去'。"是的，《陇头水泊》和《天鼓大音》均为先生有想法、有张扬的大散文，均有老诗人老作家深思熟虑过的理性把握——歌颂、倡导陇人追求文明进步，与命运抗争的黄土精神，其感情不无浓烈地渗透在基本的乡情之中，并得以在民族国家兴旺发达的豪迈情怀中升华。细读杨文林先生近期发表的《贫不薄文》（《飞天》2001年7月）、《豆饭荞食忆》（《人民文学》2001年4月）、《宝石蓝的华沙车》（《延河》2001年10月）及《黄土铸诗魂》（《甘肃文艺》）等用心路写就的心血之作，均贯穿了他心力倡导、情感张扬的黄土精神，加上他读书多，多年杂志主编岗位打造磨砺的深厚文学功底，从而奠定了他成为散文写作大家的基础与潜能。毋庸置疑，杨文林的散文具有传统文本中那种理性教化意识，又有文采飞扬的情感动人之处，因而意蕴深长，可读，耐读。而这样的文章，非胸有国家民族利益、劳动人民生计思想的激情化诗人而难写出手的。《人民文学》2001年4期卷首语中摘引的读者对《豆饭荞食忆》信函感受语时坦言："杨文林的《豆饭荞食忆》让人泪水潸然，唏嘘不已。"可见先生笔下散文的感染力和震撼力。我在读他的《宝石蓝的华沙车》一文时，所产生的联想对应篇目便是余秋雨的名作《一个王朝的背影》。尽管他们俩写作的时代背景不同，但其震撼力似乎达到近似或相同的程度，至少我是这么感受了而又这么认为的。就为此文感触，我一口气写下了万言述评，足见该文对我的灵魂触动之大。

杨文林旗帜鲜明的文化倡导，几乎渗透在他的每篇文章中。《天鼓大音》开篇题记就道："中国尚鼓，北人尚大鼓。三晋巨鼓，车拉马驮；中州盘鼓，威风八面；长安神鼓有王气，燕赵战鼓具英气。然身系大鼓大舞者，唯陇右之鼓——兰州太平鼓。杨玉兰女士五载编导，将兰州太平鼓引上中国艺术殿堂，并主编画册为农民之鼓扬声，功莫大焉。我撰文说鼓代跋，以彰女士功德，以述我之乡情。"这里，他以甘肃大地为故乡，情寄陇上固有的文学物象，杨玉兰女士及太平鼓仅仅是其一其二。当然在他引经据典的策划之下，所有的文学形象就显得大气磅礴了。

他在读甘肃武威作家雪漠长篇小说《大漠祭》写成的随想述评《贫不薄文》一文中，因忧患普通贫民而倡导弘扬黄土精神的思想感情更是浓烈有加，随处可读。杨文林直言不讳：

"《大漠祭》是甘肃本土文化自信的产物。雪漠在长篇小说《大漠祭》的跋文中有一段话，说他是土生土长的甘肃武威人，他痛心有的文友走出武威而小有名气后，讳言籍贯何处，有的甚至改籍到内地，深怕偏远的甘肃小城影响了他的身价。而雪漠发下誓愿，只许心灵超越时空，而身体则永远画地为牢，意思是生为武威人，为家乡父老呐喊几声，就算没有白活。雪漠此言，长甘人志气，使同为甘肃人的我激动不已。如果讳忌因贫而起，那么身处老少边穷之地的甘肃本土作家，更应有正确的贫富观。富不足贵，贫不足悲，'贫者语仁'（汉·桓宽《盐铁论·救匮》），文学一定程度上是为穷人铸造精神的事业，穷则思变；文学又是为人类的普遍富裕文明而鼓与呼的事业。何况，甘肃人文历史并不因贫而贱薄，人民精神亦不因贫而颓落，这是很珍贵的生活厚赐。

"贫不薄文，何卑之有？天水人雷达是著名作家评论家，久居京华，身在名人行列中，未被他乡异化了去，自报家门时常称'甘人'，我很赞重。"

这般酣畅淋漓的观点表白、家乡情结，很能鼓舞我们这些从穷山沟里匍匐而来的几代人的精神士气的。我还要说的是先生能够如此这般酣畅文化积淀及其倡导，似乎没有见到也没有听到像他这样以文学的形式为甘人鼓舞精神气度的。这也道出了年过古稀散文高手的心声。所以他文中引证旁论，说明故土甘肃的大有可为，和甘肃向来的不乏才智都是那么真诚可信，感人至深。其实这本身也说明杨文林先生大情怀下的大手笔了。一篇《黄土铸诗魂》更是写得情思浓烈淳厚，既为甘肃第一诗人夏羊的命运深情悲悯，又有对陇中一方黄土地诗情多多而留的浓烈情结，却更加鲜亮他倡导的黄土精神。诚如他向老诗人夏羊表达敬意时写的四句箴言：

> 浮名等轻尘，文章寸心知。
> 黄土淳风厚，字字皆清真。

因此，我之见，杨文林先生的散文将因蕴有浓烈向上、自强不息又不屈的黄土精神的深厚底蕴而大气，而登上中国文学艺术的大雅之堂。如果说他能尽快以《天鼓大音》为书名，结集而成他的第一本散文集的话，好卖好看是必然的。也将作为他的传世之作，而将甘人特别是像我这等穷家僻壤出身的甘人应备的黄土精神发扬光大，永世传留下去，是一定能起到激励和承传教化作用的。

2005 年 6 月至 2008 年 5 月于白银

原载《甘肃文艺》2008 年

情系陇原大地，献身文学事业

——记临洮籍著名作家、编辑家杨文林

王得胜

　　在当今中国文坛，有一位起步较早、富有才华、诗文俱佳的作家，他就是曾任甘肃省文联副主席、作协甘肃分会副主席、《飞天》总编的临洮籍著名作家、编辑家杨文林。

　　杨文林，原名杨生明，笔名文林叶，中共党员。1931年出生于地处洮河的临洮县红旗乡石板湾村。1949年8月兰州解放，他考入中国人民解放军第一野战军后勤学校政治文艺科学习，结业后分配到《西北后勤报》任记者、编辑组长，后又任西北军区后勤政治部文化助理员、宣传助理员等。1957年冬，转业到甘肃省文联工作，历任《陇花》文艺月刊编辑、《甘肃文艺》负责人、《飞天》总编、甘肃省文联副主席、作协甘肃分会副主席等职，

是第四届中国作协理事，第五、六、七届中国作协名誉委员，第一届中国诗歌学会理事。曾任甘肃西北文化研究会副会长。现为中国作协名誉委员、中国诗歌学会理事、甘肃当代文学研究会及《飞天》顾问等。

杨文林出身于一个耕读世家，幼入私塾，学习了《百家姓》《三字经》《千字文》《弟子规》等传统文化的启蒙功课，并读完了"四书"中的《大学》。13岁插班入本乡新建的国民实验小学四年级读书，喜爱国文，曾参加原洮源县小学抗日讲演，获一等奖。15岁以国文第一、算术第二的成绩小学毕业。16岁离乡到兰州，因家庭经济条件所限，求学未果，遂考入西北抗日报社做学徒，从此走上了勤学苦读的文学人生之路。他成材较早，17岁时已初露头角，1948年以"文林叶"的笔名在报刊上发表诗歌《雨天》、散文《买杏》等，这是他从事文学创作的开端。参加革命后，解放军这所革命的大学校为他从事文学创作提供了十分有利的条件。由于他具有写作特长、有一定的文学素养而进入军报做编辑、记者。当过文化助理员、宣传助理员，在部队服役九年，从未间断过写作。那时他凭着满腔热情，辛勤耕耘，创作了一批小说、诗歌、散文、特写、报告文学等多种体裁的文学作品，采写了许多反映军队生活、军人风貌的新闻稿件。在当时的西北军区，他已成为一位被大军区有关方面关注的文艺人才，受到王宗元、路坎、赵戈、杨尚武等文艺领导们的关怀。他的组诗《林荫道啊林荫道》1954年获首届西北军区优秀创作奖；《人民军队报》因他的特写《学会勤俭持家的人》而授予他模范通讯员称号。1955年至1956年，他先后在《延河》《新港》《星星》《诗刊》《人民文学》等文学刊物发表了一批诗歌作品，开始专注于诗歌写作。此后数十多年间，诗歌创作收获颇丰。到"文革"开始前，他先后发表诗作 200 余首，其创作数量在同时期的同辈甘肃诗人中是首屈一指的。他的诗多抒写西北风情人物，他也是较早进入西部诗歌创作的甘肃诗人之一。他的诗以细腻抒情见长。他是一位有个性的抒情诗人，一位渴望在自己的诗作中发现新意的人。积极尝试更为独特、更具有个性的表达方式去再现生活，努力使客观生活物象化为带有自我独特感受的形象、声音、色彩，使主客观在他的诗美上达到契合，表现出一种难能可贵的艺术自觉性。诗在格调上也时有变化。著有诗集《北疆风情》，组诗《伊犁风情》《南粤鹧鸪天·诗之祭》《绍兴三首》等获甘肃省第一届、第三届、第四届文学评奖优秀作品奖。

　　杨文林的另一文学成就是他创作的大量散文。这些散文大多数出现在上世纪 90 年代中期他离任《飞天》总编，渐离文联、作协工作之后。这十多年是他散文创作的黄金时期。1996 年，他受红旗出版社陇籍学人、编审高晨野推荐，写就了饱含乡土之情的《天鼓大音》（载《人民文学》）。接着，和继他任《飞天》主编的李云鹏等一行人去漳县为一个农民文学社赠书，在渭源县停留数日，一个正在建设的水库触动了他这个甘肃人与生俱来的盼水、敬水、思水情结，把陇人对水的遐思，对家乡自然生态恶化的忧思，纳入渭水源的人文情怀，寄予一泊陇水之中，写了《陇头水泊》（载《飞天》《散文选刊》）。由一小袋珍存的蚕豆激发的记忆，对农村一些干部大吃大喝、城市大兴饕餮文化的无比忧愤，促使他写了《豆饭荞食忆》（载《人民文学》），抨击不正之风，寄托对农民遭"人祸之殃"的小康生活的祈愿。为纪念甘肃作协成立40周年，他写了《宝石蓝的华沙车》（载《延河》），寄托了作者对甘肃当年领导人以及李季、闻捷、李秀峰等一代人洁行俭德的怀念。90年代后期，他数次去德国等欧洲国家，写了《一面坡上的酒风景》《诗哉，酒哉》《文明的纽带》等一批散文，分别载于《人民文学》《中国作家》《飞天》。这些散文以中国作家的文化自信，以中国文化的视角，观照西方生活，感知西方历史文化，是一批具有中国气派的文化散文。作品表现的思想、艺术功力说明了作者读书多，对中国和西方经典文学研读、领悟得深刻。

杨文林为一些老友的作品写序或纪念文章，是后来多年使他牵情动思的阅历。他为著名诗人、作家夏羊的散文集写了《黄土铸诗魂》，为作家曹杰的小说选写了《中国油田的守望者》，特别是在他78岁高龄的时候，缘起于为农民诗人刘志清诗集作序而写了《陇上文坛四君子》，有些篇章是他在夜不能寐的情况下，含着热泪写成的，感情真挚，具有很强的艺术感染力。1979年，收到上海为"文革"中含冤去世的闻捷同志平反昭雪的消息后，他用两天时间，代表闻捷领导下工作过的同志，写了一篇《悼念闻捷同志》为题的文章，借助诗歌的联想叙事抒情，情真意切，写得很有文采。上海工作的闻捷生前好友读后深受感动，说甘肃的同志对闻捷很有感情。他还结合自己的工作经历写了《纪念〈飞天〉二百期》《根的随想》等一些有关《飞天》往事的文章，都涉及《飞天》及其前身的历史。有不少文章中写了很多前辈、朋友、作者，做到了见人、见事、见情、留史。正如他在谈创作体会时所说的那样：如果说，生活是文学的载体，读者是文学的受体，作家是文学的主体，那么，我的文学主体很多时候不只是我自己，而是患难与共、风雨同舟数十年的同志、好友，或是一些作者。他们的音容笑貌，时常进入我的字里行间，这增加了我的文字"底气"。他的作品结集为《杨文林诗文集》（诗歌卷《北草南花》，散文卷《陇头水泊》，约60万字），将由作家出版社出版。

杨文林是一位富有责任感、使命感的作家。他知道作家意味着什么，这是一个用笔耕耘、用笔为人民代言的崇高职业。只有投身现实生活，和人民同呼吸共命运，在自己的作品中反映人民的愿望，为人民的利益鼓与呼，这样的作品才能体现时代精神，受到人民的欢迎。杨文林的创作题材都来自生活感受，关注的是人民群众的命运、追求、喜怒哀乐，作品透出一种广阔博大的情怀，一种与人民群众息息相关的真挚情愫，一种深沉的忧患意识。他发表过一首自白诗："生于甘肃，长于甘肃，心怀家乡，情系黄土。才情缺缺，真情为补，情不误我，心忧思苦。"这是他为人、为文的品格的写照。他所发表的作品多以反映甘肃及西北人民的生活，特别是农民生活的题材为主。他的作品文风严谨，格调高雅，从不迎合某些读者的低级趣味，去写一些格调低下的作品。他认为，社会主义文艺作品的风格可以百花齐放，但传达给社会的思想意识应当是健康向上的。

杨文林在相当长的一段时间内担任甘肃文联、作协的领导工作，业务繁忙，重任在肩。他善于广泛团结广大文艺工作者，热情为他们服务。几十年如一日，兢兢业业，勤奋工作，为党的文艺事业和队伍建设作出了贡献。他从事文学编辑30多年，为办好文学刊物、繁荣社会主义文艺倾注了大量的心血。他把向读者提供健康有益的精神食粮作为自己工作的自觉追求，笔墨耕耘、默默奉献。他十分关心和爱护青少年作者，为他们铺路搭桥，满腔热情地扶持他们茁壮成长，造就和推介文学新人。省内外一些青年作家在步入文坛的时候，常和他打交道，都得到过他的帮助。

杨文林十分关心家乡临洮的文化建设。2000年，临洮县文联成立，他发表了以《经典的意义》为题的讲话，使聆听他讲话的文艺工作者深受启迪和教育。讲话稿此后多次在报刊上发表。

杨文林以毕生的精力投身中国文学事业，为繁荣当代文学做出了卓越的成绩。1987年获中国作协、国家新闻出版署颁发的全国文学期刊编辑荣誉奖。2009年以来，中国作协、中国文联分别授予他文学创作60年、文艺工作者60年奖章；甘肃省委、省政府授予他文艺工作者终身成就奖。他的小传入编《临洮县志》《中国作家大辞典》等多部志书和辞典。他年已80高龄，仍笔耕不辍。诗文之外，素好研读书画，保持着一种博学养性的文人情怀。

原载《定西日报》2010年11月21日

诗情脉脉向天山

——读杨文林访疆新诗

曹永安

2011 年底，我在黄浦江畔收到杨文林自黄河岸边寄来的《杨文林诗文集》（作家出版社出版）。新出版的文集为两卷本：《北草南花》诗歌卷、《陇头水泊》散文卷，沉甸甸的。于是，整个冬天我不寂寞。我一而再、再而三地捧读，如醉如痴。我仿佛听到了"从历史的深处响来，又向历史的远处响去"的《天鼓大音》；仿佛寻见了《陇头水泊》中那一方"富有皎日亮月蓝天白云流泉溪水青草山花绿树鸣禽的田园"；我仿佛品尝到了《豆饭荞食忆》里"凝脂颗颗，饱满玉润"的蚕豆面糁饭……一时间，我把文集放在枕边，伴我入梦。

老诗人杨文林今年已八十有一，这部文集凝结着他的心血，乃人生之大获。在此之前，无论他的诗作还是散文，早有众方家评说，颇得盛誉。今天，我对他的文集虽然存有眼前有景道不得的惶恐，但作为一位忠实的读者，我想把文集中杨文林1985年第二次踏访新疆的诗歌作品（计22首，2010年在《中国作家》《飞天》首次发表）的读后感倾吐出来。一是这些作品在以往的评论中尚未涉及，二是因为50年前，我曾是一名驻守在西部边陲的士兵，诗人所写之处正是我留下青春的地方，有种不可抗拒的亲切感。

1985年对于杨文林是个十分重要的年份，这一年54岁的他重访了阔别25年的新疆。作为诗人，这是他在缄默了20个年头后重新握笔创作，他内心充满期待与激动，这次他不仅到了梦牵魂绕的伊犁地区，而且还穿越了天山，来到南疆绿洲喀什。多情的天山南北，再一次滋养了诗人，新的诗行伴着诗人匆匆的脚步流淌了出来。但诗人却把这些诗作"缸封窖藏"起来，待到23年之后的2008年，才把这些诗作改定，收入文集。《西游记》里的蟠桃三千年一开花、三千年一结果，那是神话。杨文林于诗，经年历岁，呕心沥血，水滴石穿，是真。

我读了杨文林访疆新诗后认为，这是他诗歌创作的一个新高度。这些作品依然秉承了他写实与抒情并茂的风格，他喷涌的诗情有所沉淀，变得凝重。少了刻意，多了自然，诗愈加自由灵动。这是世事沧桑赐予诗人的成熟，也是诗人坚守的收成。

且看25年后，诗人又走进了白杨深处的伊宁市，走近伊宁宾馆林园的列宁塑像：

您好，亲爱的列宁
二十五年后再相逢
四分之一世纪的演变
这边和那边，彼此关上了大门
仿佛只有您的塑像
还存着中苏友好的象征

您伫立在汉白玉的石阶上
通向您身边的道路很长很长
从北京到边疆
向您走来的有内地的建设者
有维吾尔、哈萨克的农牧民
和千千万万敬仰您的中国人
每个人都用自己的境遇
向您诉说时代的幸与不幸
却相信只要您高扬着手臂
站在世界的顶峰
人类的悲剧总会落幕
世界总是要走向和平

列宁同志，您的目光
注视着这边，也注视着那边
您只有一个生地，却有很多故乡
它在一切共产主义旗帜飘扬的地方

——《列宁像前》

大哭无泪,大悲无声。平白质朴的诗句,每个字都有历史之重。在"很长很长"的路上,似乎诗人的每一步都载山载水。这就是杨文林的诗。这数行近乎大白话的诗托出了一个神圣的命题:和平。军人出身的诗人,自然知道和平的分量,所以他关注和平,向革命导师陈情诉说。诗的最后两句拨云见日,对列宁的敬仰之情表达得真切而绵长。

同样题材的作品还有三首,因为时值 1985 年,苏联还未解体,诗人对中苏边境出现的各种情况十分敏感,诗人真诚希望和平,希望各国人民能正常交往。在《鲜红的象征色》中他写道:"我没有走近伊犁河渔场/那里离国界太近/沿着开阔的伊犁河谷/拉着苏维埃联邦社会主义共和国的铁丝网……/两边,都有一双双的眼睛,蓝的/黑的,静悄悄地张望……/我默默转过身/阳光灿灿,河风徐徐/瞬间失落的灵感/已经无法把它拾起/我只看了看那边这边的旗帜/都有一颗红五星/哦,鲜红的象征色……/我相信,未来的国境线上/只需要旗帜/网,是多余的。"在《霍尔果斯遐思》中:"边贸之门刚刚开启/在霍尔果斯口岸/风尘仆仆的'尼勒'车边/我看见你,小伙子/时髦的紧身裤,流行的花边衬衫/一头阿廖沙的卷发/一脸安德烈的笑颜/……在车队验证返程前/我看见你,小伙子/腼腆地招了招手/向着这边的白杨/向着这边的天山。"时隔 30 多年之后,我们吟哦这些诗句,不能不为诗人的敏锐而叹服,冰封大地的时候,诗人捕捉住了第一缕春风。作者在诗歌集的《自序》中说,"遵从历史的真实,写中苏边境生活的诗,都是当时的历史、生活的感受"。这几首诗，我们的确可以把它们当作历史来读，因为，它们不仅有诗人的情感，还有历史的沉重。

显而易见，新的诗作与 25 年前的访疆作品相比，诗人的确更深入地走进了草原，走进了各兄弟民族的生活和心田。诗句不再是充满新奇感的浅层歌唱，而是对兄弟民族生活本源的探寻，组诗《借她的眼睛看草原》便是。作品由《巩乃斯牧场看叼羊》《那拉提草原的姑娘追》和《赛里木湖畔说忧伤》三首组成。诗人在题记中说，一位哈萨克族女青年愿意把眼睛借给他看草原：

在我们哈萨克人的风俗里
"叼羊"是男人表现自己的机会
没有绝对的骑手
只要有草原的马背
每个哈萨克男人都可以腾飞

"叼羊"，并不是在叼羊
而是较量力的碰撞，山的拼挤
几十匹马追逐着驰骋
像风的旋转，箭的疾飞

草山倒下了，草原也屏息
闭上眼睛，天地静寂
只留下追逐者的喘息
和洒在草原的汗水

千百年民族和部落的演变

孕育了哈萨克人的剽悍

美丽而严酷的大自然

造就了马背上生命的非凡

叼完了羊，马也倒下了

没关系，草原还会赐予

草原人家有自己的观念

看重的是一场"叼羊"

又成就了几家牧人的姻缘

——《巩乃斯牧场看叼羊》

  诗中丝毫没有猎奇之笔，却把善骑的哈萨克、剽悍的哈萨克写得活灵活现。吸引了很多人眼睛的"叼羊"，其实并不是场游戏，在哈萨克人那里是生命力爆开的花朵，是民族生息绵延的脉搏，是男女姻缘的前奏曲。同样，在《那拉提草原的姑娘追》中："真正的'姑娘追'像风的信息／会一夜传遍远近的草原／从百里外赶来的男女／如果像嫁娶一样的盛妆／一定是经过了长辈的指点"／"哈萨克姑娘喜欢红裙子／马背上就是一团飞动的红云／如果姑娘的鞭子轻轻落下／被追的定是草原的雄鹰"。这里写的也是男女联姻的场景，与"叼羊"不同的是，主角由男性变成了女性。与"力的碰撞""山的拼挤""风的旋转""箭的疾飞"相对应的是"一团飞动的红云"，把哈萨克小伙、姑娘的刚健与娇柔表现得恰到好处。

　　然而，诗人却把目光从挥鞭姑娘那里转到了别处：

> 看场四周的姑娘坐马搭肩
>
> 一年难得见几次世面
>
> 并非每个姑娘都想上场挥鞭
>
> 只愿返回毡房时有人并马相伴
>
> 散去的都是逐水草而居的牧民
>
> 草原还没有他们聚居的城镇
>
> 牧场随着雪落雪消迁徙
>
> 男女还沿着部落的亲疏嫁娶
>
> 要是请我们的姑娘唱支歌
>
> 她们会唱"我们的家乡在哪里"
>
> 　　　　　　——《那拉提草原的姑娘追》

　　是啊，姑娘的歌声在提问，也是诗人在问。诗人借姑娘的口写道："现代文明启开了大门／我们不能只在马背上追求爱情／但是如果生活都像城市一样拥挤又陌生／我还留恋草原的毡房、帐篷"。诗人把哈萨克人对新生活的期盼、对传统生活的依恋、由此而产生的纠结真实地表达了出来，但诗人并没有给出答案。在这组诗的第三首中，诗人描述了一个场景："你看那个背立的姑娘／向湖里投下束马兰／如果她投下的不是头巾／说明姑娘还没有定情／马儿载着她向天边走去／唱着的定是忧伤的古歌／假若人心上没有忧伤／就没有男女的爱情，也没有诗人……"

读到这里，读者的思绪会跟着骑马的姑娘走很远，可能在很长时间走不出哈萨克美丽迷人的草原。并且不仅仅回味"叼羊""姑娘追"，还有那位骑马的姑娘，因为诗人在作品中给读者留下了许多想象的空间。诗人写哈萨克草原的绚丽，也写哈萨克的忧伤。绚丽与忧伤交织在一起，才是真实的生活。以这样的视角和笔触来表现哈萨克生活的诗歌还不多见。

新疆第二大城市喀什，是丝绸之路上的重镇。喀什噶尔河给了她塞上江南般的秀美，能歌善舞的维吾尔人又给她增添了迷人的色彩。这里有享誉中外的艾提尕清真寺广场和广场上著名的"巴扎（集市）"，它们构成了这座城市的一道独特风景。杨文林在这里留下了三首"喀什素描"：《买买提赶巴扎》《长者的街头论坛》和《买卖人帕夏》。毫无疑问，三首诗中所写的三种人都是这道独特风景的主角。请看《买买提赶巴扎》：

买买提老爹赶巴扎
白杨树下盘腿坐
驴缰绳系在腰带上
柳筐里装着两只鹅

这其实是个画面：高高的白杨树下盘腿坐着一位白胡子老人，他的温驯的小毛驴在身后（因为驴缰绳系在腰带上），他的眼前放着一个柳条筐，筐里放着两只大白鹅，嘎嘎地叫着。这个画面很真实、很美，也很独特。因为只有新疆南疆的毛驴长得如此敦厚小巧、与人亲近，像是主人的宠物。再往下看：

一只是姑娘，一只是巴郎（维语：小伙）

要买巴郎，娶上姑娘

要娶姑娘，领上巴郎

要是两只都想买

牵一头驴再加一只羊

坐地的老爹们一齐乐

买买提还要生小鹅

他如今不需要挣小钱

赶巴扎是为了图快活

　　买买提做买卖的条件很奇特，他是给买鹅人来了个阿凡提式的幽默，惹得大家都笑了。一首短诗，诗人把维吾尔人的乐观、开朗、诙谐生动地表现出来了。对生活在新疆南疆的维吾尔人来说，特别是远离喀什的农民，他们把逛一逛艾提尕广场、赶个巴扎看得很重。50 年前，我在喀什巴扎上看到有很多人，是鸡叫头遍就起身，在戈壁滩上走了一两个“炮台”（一炮台约合 15 里）的路赶来的。他们就是为了能在艾提尕广场上转转，或是在巴扎上吃串烤羊肉，品一杯新酿出的醋，有的哪怕仅仅只开销了一分钱卷了根莫合烟抽，也满足得很，也觉着仿佛逛了一趟人间天堂。像买买提老人这样展示自己的爱物、图个快活也是一种荣耀。诗人从斑驳陆离的生活色彩中择出一抹亮色，让诗也有了生活的情趣。在《买卖人帕夏》中，诗人的诗句极为风趣：

帕夏是招人驻足的买卖人

在喀什噶尔的巴扎上

和歌唱家帕夏一样有名

高高的鼻梁大眼睛

乌斯麻描过的眉毛黑又浓

玫瑰红的和田绸

孔雀绿的提花绒

葡萄叶、波斯菊的绣品

她都戴在头上穿在身

头上的花帽很风情

手执的长尺子有分寸

屈腿坐在地毯上

梁黄胄给她写过生

　　杨文林的诗与丹青高手黄胄的画一样的传神！接着，朗朗上口的诗句介绍了帕夏的货品与商德："帕夏的货品样样有／伊犁的毛布，西湖的棉绸／和田的玉镯，喀什的金货／克什米尔的毛披肩／阿克苏的绒坎肩／骗人的日鬼货嘛，放右边／粘胶布不是棉布是化纤／玻璃一样亮的玛瑙是假货／比马奶子葡萄还大的珍珠谁见过／假货不能当真货卖／英吉沙的腰刀嘛，要能削铁……"诗句的节奏跳荡与维吾尔人说汉语的口气极为吻合，惟妙惟肖。以往的作品中，杨文林的诗句带有浓浓的书卷气，上面两首诗作者的诗句也入乡随俗了。

　　在《长者的街头论坛》中，诗人对论坛上主要论者的群像和出场写得简洁而庄重:"古杨树下,一群高古的长者／像喀什人物的诗证／从帕米尔脚下的白杨道上走来／长靴子,长裕祥,手拄杖／卷边圆帽,白须长髯⋯⋯"对论坛上各种论者的不同表现,诗人也作了十分精当的描述:"你是伊斯兰教义的守护者／时而背诵《古兰经》的经文／时而以《福乐智慧》的警句／权威自己的高论／对于辩词见窘的落败者／不忘露出宽恕的笑容";"他是德高望重的老阿訇⋯⋯／他以无情的揶揄和嘲讽鞭挞时尚／对传统的不敬／时而以杖击打靴筒／痛斥金钱、私欲偷窃人的灵魂⋯⋯";"他是一位须眉皆白的学人／在喀什教了五十年阿文／能背诵一千零一夜的故事／也能诠释《十二木卡姆》的内容⋯⋯"诗的结尾是:"听众坐地,重重又重重⋯⋯当礼拜的召唤从宣礼塔上传来／在信众伏地的艾提尕大寺里／论者和听众一起献上对真主的虔诚"。

三首素描写实的诗,写得极为朴实,每首诗的主旨也十分单纯。化繁复为简单、化浓艳为清雅也是一种美。三首诗所展示的镜头叠加起来,你会感觉到喀什噶尔的艾提尕广场,那是一个清真寺里有盛不下的虔诚、阳光下有数不清的热望的兴旺之乡。

杨文林这次在新疆南疆写的《大象无形,帕米尔》《雅丹,戈壁赤婴》《胡杨的等待》和《红柳、雨滴、土堆》等诗作,是他对大自然的吟唱。这类题材的作品在他的诗作中不多见。但恰恰是这些气度恢宏、极具张力的作品,彰显着诗人的才华:

> 帕米尔出生时海水退去
> 岩浆雕塑的万山之祖

把赤裸的躯体交给大地

而把面容埋进了云里

即使来到公格尔山下

走近三千米冰川断层

也难描摹冰川之父的真容

……

白发长垂，至高至尊

大象无形，诗歌有情

站在帕米尔的肩上，能听见

印度洋和大西洋的涛声

抓一把空气，能闻见

　　吉尔吉斯草原的草香和黑海的咸风

西瞥一眼，能看见

　　雅典的宫殿和罗马的古城

东望山下，连着万里长城

　　能听见一路响来的汉唐驼铃

——《大象无形，帕米尔》

　　从 1965 年至 1985 年，20 年没有写诗的诗人杨文林，他怀揣着一支抒情的笔西行，向着草原向着天山。一路上，他在看，他在写；一路上，他在写，他在看。当他来到帕米尔，高原之上万山竞高，雪山冰峰宛若万顷凝聚的波涛，直击苍穹。在这天地峻拔之间，人如纤纤尘埃。诗人被震撼了，诗人的心灵在升腾……《大象无形，帕米尔》的磅礴之气令人九曲回肠！也许诗人多年追求的境界在这里得到了更多的顿悟：诗者，乃心灵之气，呼之而出。诗人胸臆大开，诗像雪山之泉叮咚而来。在《雅丹，戈壁赤婴》里："黑戈壁把自己交给了季风"，"守着五千万年的爱情"，生下了一群雅丹，他"像海水归泽时留下的巨鲸"，"像失去大沼而号天的恐龙"，"雅丹，是龙王废圮的宫殿"，"是楼兰人渡海的古船"。"在雅丹群的某个洞穴里"，"等待猎奇者揭开楼兰姑娘的秘密"。对因风蚀而成的戈壁雅丹地貌，诗人能发出这样多的生动浪漫的想象，寄予那么多美好，这是诗人激情、功力之所在，也是作者童心未泯的流露，能给读者以无尽的美的启示。

诗人长期生活在干旱少雨的甘肃，深深懂得什么是"渴望"，那种恋水的情愫是挥之不去的。在《胡杨的等待》和《红柳，雨滴，土堆》中，这种情感抒发得到了极致："在浩瀚的塔里木大沙漠／百岁胡杨还像一群小天鹅"，"枯死的祖辈仍屹立着"，"像恋土未去的祖父／像护雏匍身的妈妈／在日月流转的白昼夜晚／它们的孤魂在苦苦问天"。它们"等待塔里木河扬波张帆的明天／那时，胡杨家族不灭的灵根／会闻水而苏醒而复生／给一切寻阴来栖的鸣禽……／一道三千里胡杨林的风景"。诗人把生长在大沙漠的红柳与雨滴看成是一对和帕米尔、天山共生的夫妻，"为了拥抱雨滴的恩惠／红柳把根系伸进沙里／用适生的条梭状的针叶／和一簇簇淡紫的花穗／使雨的生命在沙漠延续"。它们还在夜晚"用千年磷火撒一地繁星／给夜出觅食的小生命点万盏萤灯"。与干旱顽强抗争，渴死了也不倒下、倒下了也不腐朽的胡杨，还有在沙漠中舒枝开花的红柳，会随着诗人的诗句走进读者的心里。哀歌昂扬，凸显了这两首诗作的感染力。

我读完了杨文林1985年的诗作，想起了他说的话："总想追求不凡，却总落得平常。"我从美学家宗白华的《美学散步》中抄来一首诗送给他。诗曰："尽日寻春不见春，芒鞋踏遍陇头云。归来笑拈梅花嗅，春在枝头已十分。"追求总还是要追求的。不过，老诗人，春天在你的文集里、诗里。

2012年9月于上海

如天音大鼓是巨浪海涛

——读《杨文林诗文集》

魏　珂

杨文林在年近七十之际发表的《陇头水泊》《天音大鼓》等散文大气豪迈，荡气回肠，犹如雄狮怒吼，底气冲天，真如天音大鼓，逐浪而来。这豪迈的底气源自何处呢？恐怕和他的国家意识、社会情怀、民生关怀是分不开的。在中国，文与道的争论自古至今不绝于耳。文艺与政治，国家意识与个人主张，宏大叙事和微观诉求，向来是你中有我，我中有你，不分彼此。倾向于作家作品的社会责任和道义主张的价值观往往与国家政治联系更为紧密，自然也更为大众关注，有强烈的时代精神，也是时代的一面镜子。这类作品如果与当时的统治者的要求相适应，会得到政治层面的支持，因而其作家作品也会成为当时影响最为广泛的精神力量。反之亦然，与国家统治者意识相悖的，自然要受到政治的各种限制和打击。在社会层面就更为广泛，作家作品要受到诸如宗教、文化、民俗的影响。因此，具有社会责任感的作家必须有至少两个硬件：一个是硬骨头（有鲁迅先生说的韧性战斗精神的也是），一个是政治家的眼光。政治家左右着百姓的生活、民族的兴旺、国家的前途。作为有社会责任感的作家不能不有所作为。忧国忧民是他们的天然共性。他们与时政有同有异。他们关心政治，关心社会。尽管他们的关心是文学的是艺术的。在他们的心中常常是家国一体，乡土情民族情浑然不分，这些都是他们忧国忧民的表情达意的符号。家国是他们的集体潜意识。他们与自己的国家社会人民紧紧地联系在一起无法分开。这是中国文学的传统，这是中国文人的代表性面孔，也是世界文学的主流价值。虽然他们仍然面临危险与诱惑，面临牺牲和冤屈。他们走的是一条光荣的荆棘大道。《杨文林诗文集》应该是一个这方面的典型注释。这部文集中收录了他自 50 年代至今的主要文章，文章所表达所反映的内容几乎是一部新中国文学历史的缩影，也是一个具有社会责任使命的作家的成长历程，包括心路历程。作家说："我非名家，了无文债，但生于十年九旱、自然条件严酷的甘肃，感民生多艰，为诗为文，常常心忧思苦。"在《陇头水泊》中作家以苍凉凄苦的北朝乐府开篇，讲述千年以来甘肃中部地区的自然灾害给人留下的悲情感知。但是当作者看到一幅已动工兴建的峡口水库的蓝图后，"竟使我心驰神往，夜不能寐，久久地描绘我心向往之的去处，那正是我寻觅已久的泊处，归处，聚陇头水而成泊成湖的心中之海"。陇地缺水是这里人民的一块心病，有多少人怀有和作者同样的向往，作家寥寥几笔写透了大家的心声。有了水，作家的心情豁然畅快。这里抄一段堪称精妙美文的片段，我们可以看出他的真性情、大意象："跨过一道小桥，便有石阶步步升高。跃阶而上，倾身扑向坝顶，眼前豁然开朗：四周青山淡远，泱泱一湖碧水尽入眼底；再看波光粼粼，浮动着一层轻纱似的水雾，岸树倒影中幻化出千顷蓝田。这就是我心中的那泊那湖那海吗？沿下行石阶直奔码头，我发现我竟是第一个游客。自解小舟一叶，任清风推波鼓荡。悠哉游哉，竟也忘情地击舷而歌：水不在深，有诗则兴，陇头一泊，碧波千顷，足可以贮日月，藏星汉；荡舟期间，足可以极目驰怀，观世事苍狗，数历史古往今来；携诗一卷，又可诵采薇蒹葭之章，歌秦月汉关之诗，任发思古之幽情。如此富有天地文章，复何所求。"这不是一幅中国千年以来的文人自画像吗？对国家民族有一幅美好的愿景，并且陶醉在这种美好的想象里，或读书吟诗，或寄情山水，或课子授徒，或著书立说。这文字让我们看见了唐宋八大家的神韵，李白杜甫的诗魂。

杨文林的散文里不只是想象的美好。在他的文章里处处是百姓的柴米油盐，田间地垄的麦苗洋芋花。他笔下的人物多是最底层的工农兵。50年代的诗歌大跃进也是一场中国式的文化大普及，涌现出了一大批工农兵作家诗人。他们就像当下的旭日阳刚和大衣哥一样，红遍全国各地。如今他们怎么样了，关心的人并不多，嘲笑的人倒不少。然而杨文林饱含深情地称他们为甘肃文坛的四君子，称他们是天下有德者。《甘肃文坛四君子》里写道："我心中的陇上文坛四君子——金吉泰、刘志清、任国一、张国宏，四株草根，四个于 1956 年参加了全国青年业余文学创作会议，受到周总理、朱委员长接见，至今笔耕不辍、犁耕不歇的农民作家诗人，他们是被甘肃文学界、新闻出版界的领导人和关爱农民作者的编辑们迎进编辑部、送上文坛的甘肃文学史的构建者。如果没有他们，我们六十年代的文学史将是残缺的。"文章一一列举了四君子的创作成就，记述了他们自 60 年代以来的生存状态，特别描写了他们之间的友情和对文学的坚守，令人唏嘘不已。这些因文学而聚的农民，并没有因文学大富大贵，虽然他们也火了一把，他们很知足。文学照亮了他们的人生，却没有改变他们的命运。而他们的友谊却与日俱增。作家和他们宛如兄弟手足。杨文林重情讲义，这在甘肃文学界是公认的。评论他的文章的人几乎都用很多篇幅来描述他的急公仗义。他的集子里也多有《黄土铸诗魂——读老诗人夏羊诗文及生平》《怀念闻捷同志》《往事堪回首——长忆悼吴公》等长篇战友情、兄弟情的泣泪呕血之文。情是文之魂。无情不记事，无情不撰文，情到深处就是文到深处，一字一句莫不敲打心扉。现在的文章无论是大散文，还是小散文，不管是文化散文，还是灵性散文，没有人没有情，就没有艺术震撼力。著名评论家彭学明对当下的散文提出批评。他认为我们的散文步入了低谷，走进了沼泽，迷失了方向。其原因之一在于散文作者的创作角色错位，散文作家热衷于把自己当成专家学者，当成思想家。这就是说喜欢当老师。而散文作家还是要写人的七情六欲，写生活的柴米油盐，写作家的家国情怀。关注众生是大境界、大慈悲。唯有如此，我们的文章才会有大气派大震撼。如果我们读了杨文林的作品，我想这是不是我们所看到的方向呢？杨文林的大块美文都是他 60 岁以后写的。一方面，他身在文坛 60 多年，积淀厚重，一方面，拜改革开放之福，他游历欧洲，视野大开，自信满满，激情奔放，写起来一发不可收。怀念，纪实，议论，描绘，无一不潇洒自如。诚如著名评论家谢昌余所说"凌云健笔意从容，文林文章老更成"。愿他的文章似天音大鼓是巨浪海涛，给我们力量，给我们希望。

原载《飞天》2013 年第 6 期

陇上文坛的漂亮七人

赵 文

　　2010年4月《兰州晚报》发表了赵文同志的文章《甘肃文坛的漂亮七人》。文中所列"漂亮七人"都是我数十年共事的文朋诗友和编辑同事，我曾在一篇文章中有"年将八十漂亮了一回"的感慨。我将赵文同志的文章刊于此卷文集，意在和好友们共感慨、长相守。写此附言时，赵燕翼、于辛田两位大兄已仙逝。心祭了！

　　　　　　　　　　　　　　　　　　——杨文林

　　美国作曲家伯恩斯有着音乐作品《漂亮七人》，其旋律欢快喜悦，常常作为交响音乐会的序曲。甘肃老一辈作家也有"漂亮七人"，他们是武玉笑、杨文林、汪玉良、赵燕翼、高平、于辛田、刘传坤，他们在不久前获得了中国作协颁发的从事文学创作60年荣誉证书。这些老作家在甘肃的沃土上辛勤耕耘，为甘肃文坛谱写了序曲式的华美乐章。

　　剧作家武玉笑，代表作有话剧《在康布尔草原上》《远方青年》等。武玉笑是陕西佳县人，1939年参加八路军，历任陕北晋绥八路军第二办事处及延安十八兵站总部勤务员、通讯员，延安民众剧社及陇东文工团前线宣传队宣传员、演员，甘肃省话剧团演员、导演、编剧，甘肃省文联副主席、省作协主席等。1956年开始发表作品，1964年加入中国作家协会。著有剧本集《武玉笑剧作选》《一个快乐的苦命人》《艾克拜尔和莎丽娅》，短篇小说《快乐的包尔江》《路友》等，散文《哦，阿拉图拜》《啊，柳巴》《怀念冯牧》《延安寻梦》等。曾获全国话剧汇演剧本创作二等奖、导演一等奖，文化部、中央民委、中国戏剧家协会剧本创作银奖，第四届中国艺术节甘肃征集剧本特等奖，中国戏剧文学学会文学剧本金奖。

　　诗人杨文林，笔名文林叶，甘肃临洮人。1950年结业于解放军一野后勤学校政治文艺科。历任《西北后勤》报编辑组长，兰州军区后勤政治部文化助理员、助理宣传员，《甘肃文艺》负责人、总编辑，《飞天》文学月刊总编辑；中国作协兰州分会副主席，甘肃省文联副主席等。1948年开始发表作品，1979年加入中国作家协会。著有组诗《响在田野上的短笛》，诗集《北疆风情》，散文《陇头水泊》《天鼓大音》《豆饭荞食忆》等。组诗《伊犁风情》《南粤鹧鸪天·诗之祭》《绍兴三首》分别获甘肃省第一、二、三届优秀文学作品奖。

诗人、画家汪玉良，东乡族，甘肃东乡族自治县人，1956年毕业于西北师范大学语言文学系。历任甘肃省委宣传部干事，《甘肃文艺》杂志编辑，甘肃人民出版社文艺编辑室主任，甘肃省文联副主席等。1950年开始发表作品，1979年加入中国作家协会。著有诗集《幸福的大道共产党开》《马五哥与尕豆妹》《米拉尕黑》《汪玉良诗选》《大地情思》《水磨坊》，长篇小说《爱神·死神》（合著）等。长诗《米拉尕黑》、抒情诗《献给十月的歌》分获全国第一、二届少数民族文学一等奖，诗集《水磨坊》获全国第七届少数民族文学奖。

儿童文学家赵燕翼，甘肃古浪人。1949年前在兰州从事进步文艺活动，后历任一军文工团、甘肃省文联、甘肃人民出版社、省文化局专业创作员及文艺编辑，中国作协甘肃分会副主席，省文联副主席等。1946年开始发表作品，1979年加入中国作家协会。著有童话故事集《金瓜和银豆》《花木碗的故事》《白羽飞衣》《乌鸦女孩》，中短篇小说集《草原新传奇》《冬布拉之歌》，儿童文学集《驼铃和鹰笛》《远方的少年》《赵燕翼儿童文学集》（五卷），散文集《我从黄土高坡走来》等。《桑金兰错》选入《百年百篇经典短篇小说》，多篇作品被译为英、日、法、俄等外文出版。中篇小说《阿尔托·哈里》获全国第二届少儿文艺创作奖，童话《小燕子和它的三邻居》获全国首届优秀儿童文学奖。

诗人高平，山东济南人，1949年肄业于山东省立济南师范学校。历任第一野战军战斗剧社、西南军区战斗文工团创作室研究生，西藏军区政治部文工团创作组副组长，军区文化部文艺创作员，甘肃省歌剧团编剧，中国作协甘肃分会主席等。1947年开始发表作品，1979年加入中国作家协会。著有诗集《珠穆朗玛》《拉萨的黎明》《心摇集》《百吻集》《了然斋诗词选》《高平诗选》《高平短诗选》等，文艺论集《致诗友》《文海浅涉》，散文集《从西藏到东欧》《步行入藏纪实》等，戏剧集《向阳川》，长篇小说《雪域诗佛》等。歌剧剧本《运输线上》《珠穆朗玛》分获1953年西南军区文艺检阅创作一等奖、1956年西藏军区文艺检阅一等奖，电影文学剧本《战胜怒江天险》1957年获中央文化部优秀影片一等奖。

诗人于辛田，原名于锡璞，笔名高于等，河北保定人。1949年参加革命，历任甘肃省文联创作组副组长、中国作协兰州分会业务办公室副主任、《红旗手》编辑部负责人、甘肃文联副秘书长、《甘肃文艺》副总编辑、中国作协甘肃分会副主席、省作协名誉主席等。1938年开始发表作品，1979年加入中国作家协会。著有散文《在雅布赖盐池上》《红楼颂》，诗歌《荒滩夜行》《玉门短歌》等。诗歌《一个绿色的梦》获甘肃省首届文艺创作二等奖。

文学编辑刘传坤，笔名刘驰，江苏沛县人，1953年毕业于山东大学中文系。先到中国作协创作委员会任秘书室干事、《作家通讯》编辑，1957年后历任《陇花》《敦煌文艺丛刊》《红旗手》《甘肃文艺》《飞天》等文艺期刊编辑、作品组组长、编刊负责人、编审。1954年开始发表作品，1983年加入中国作家协会。曾于1956年参与选编中国作协1953—1956年两套文学作品选集（11部）；1959年和1979年参与编选两套甘肃文学作品选集（10部），1987年获中国作协文学编辑荣誉奖。

师　长　风　范

——拜读《杨文林诗文集》有感

王玉学

　　杨文林先生是我文学创作的领路人。在我们长达15年的交往中，先生极少谈自己的作品和经历。三年前，得知先生要编辑自己的诗文集，我非常高兴，翘首以盼。2010年10月15日，终于获赠一套装帧精美，分诗歌、散文两卷的《杨文林诗文集》。通过阅读，始知先生为诗为文为事为人的方方面面。我不仅为他的诗文击节，亦更加崇敬其人格魅力。感慨系之，一气成文，并以四首小诗标题，或失恰当，但为心声。

　　　　应是改天换地时，洮阳古木发新枝。
　　　　扬鞭飞马玉关外，一路新吟边塞诗。

　　关于先生的诗歌，早先曾看过季成家先生主编的《西部风情与多民族色彩——甘肃文艺四十年》，其第四章第四节是专门介绍先生的，说"他是较早进入西部诗歌创作的甘肃诗人之一"，"诗以细腻抒情见长"。可是我一首也没有读过。先生说："我写的是过时的东西，形式又是新诗，对你的格律诗不一定有帮助，将来整理后你再看吧。"此刻拜读《北草南花》，先生作为诗人的形象顿时丰满、高大起来。

　　诗人李云鹏在《杨文林：诗人诗事》中开篇即说："他当然首先是一位诗人。"可谓一语中的。先生的诗缘始于少年时代，早在 1948 年，即有处女作《雨天（外一首）》发表在兰州《民国日报》上。参加解放军九年，在军内外报刊发表诗作数十首。转业地方从事文艺工作后，进入创作高峰期，1981 年出版诗集《北疆风情》。现在的《北草南花》是在《北疆风情》基础上，增加"南国诗韵""岁月留痕""天山南北"而成。对《北疆风情》，在高戈《生活里的诗与诗里的生活——兼谈杨文林的诗歌创作》、穆长青《北疆风情——纯正、明朗、崇高是一种美》中都给予了高度评价："他是当时活跃在诗坛的一位具有独特风格的诗人"，"他是生活的歌者，又是诗艺的探索者"（高戈语）；"诗篇总体来说，其基调是健康、向上、纯正、乐观、进取、崇高、洁净、清新、明朗、活泼的"，内容"是歌颂劳动人民、歌颂劳动、歌颂生活、歌颂崇高、歌颂奉献、歌颂纯朴、歌颂心灵美的"（穆长青语）。

　　作为晚辈和学生，如今读先生的诗，给我的启发也是很大的。他的诗歌具有鲜明的时代性，又有历史的继承性，同时达到了生活与艺术的统一。这些，都是我应该学习的。

以前，我曾经思考过一个问题：就是生活在今天的人们，为什么对数百、数千年前的诗歌还那么喜欢？一个重要原因就是通过前人的作品，人们能够领略到特定时代的政治形态、文化形态、自然形态和生活形态，从而产生兴趣和向往。唐诗、宋词、元曲都是如此。特别是那些脍炙人口的名篇佳作，总会有时代的影子。

先生的诗，让我们看到了上世纪五六十年代新中国日新月异的历史画面和劳动人民积极向上的精神风貌。窃以为，这正是《北草南花》的价值所在。值得注意是，当年先生从金城出发，入河西走廊，出玉门关，到达天山南北，沿着既是丝绸之路也是唐诗之路前行，一路高歌新时代的新气象，其作品既有鲜明的时代感，也有悠远的历史感，那是诗人传承古典文化的一次成功的心灵体验。

今天的诗人生活在中华民族复兴的伟大时代，我们的诗歌理应与时代相称，应该给一百年、一千年后的读者留下这个时代的气息，让他们说："哦，那个时候是这样的呀！"坦白地说，我的创作实践相差甚远；整个诗坛（无论旧体或是新体）也不容乐观。我们应该老老实实地向老一辈诗人、作家学习。

生活与艺术的统一更是先生诗歌的突出成就。看看他给新中国的农民勾勒的大肖像："草帽下含笑的面容曾经流过泪／阳光下挺直的身子曾经佝偻过背／今天袒露着能滚过大雷雨的胸膛／仿佛大树挺立在田野上……"这里的确"已经不是单纯的、轻盈的某个生活场景的写照，而给人带来的是一种历史的厚重感。"（何来语）可见，只有把生活上升为艺术，才是真正的诗。

　　不忘吾身是草根，人情世态总关情。
　　陇头水泊翻波浪，天鼓如雷传大音。

　　凝聚成诗，舒展为文。诗、文形式虽然不同，表达的情感是一样的。因为诗的篇幅有限，有时言犹未尽，许多诗人便既写诗又写散文，双管齐下。这原本就是自然而然的事情。

　　先生长期做过记者、编辑，写了大量记叙性、理论性的文字，但倾力写散文比较晚。虽然，早在1948年他就在兰州《和平日报》发表一篇千字左右的《买杏》，算是他的散文"处女作"，之后对散文却"从未想写过或敢写过"。直到1979年，写了一篇"像是篇散文"的《悼念闻捷同志》。他"有意识地写"散文，是在90年代了。

　　1996年，先生在《人民文学》发表了《天鼓大音》，接着写了《陇头水泊》。后者一经《飞天》发表即被《散文选刊》转载。由张明廉主编的《甘肃当代文艺五十年》文学卷之《九十年代的散文》这样写道："老作家杨文林写的散文《天鼓大音》与《陇头水泊》是上世纪九十年代甘肃散文中不可多得的优秀之作。"正所谓"不鸣则已，一鸣惊人"。从此，先生的散文一发不可收：《豆饭荞食忆》《宝石蓝的华沙车》与读者见面；《一面坡上的酒风情》《文明的纽带》《诗哉，酒哉》等反映欧洲文化的系列散文也相继问世。可谓佳构迭出，令人目不暇接。有读者写信给《人民文学》编辑部："杨文林的《豆饭荞食忆》让人泪水潸然，唏嘘不已！"足见其影响之深。

读先生的散文，我倒是"近水楼台先得月"。他每有新作发表都留刊物与我看；有的刚刚成文，便让我先睹为快；甚至才有写作打算，也把故事说与我听。我理解，他是在默默地影响我。因为，我也处在由写诗到写散文的转变过程中。

我以为先生的散文有三个显著的特色：一是他坚守"不虚为文"的心规，无论何种题材，均言之有物、言之有人、言之有事，绝无矫揉造作和无病呻吟。二是他保持草根情结，生为陇上人，关心陇上事，特别是关心与老百姓息息相关的人和事，而且是念念不忘。比如他的《陇头水泊》，反映的就是"甘肃陇人与生俱来的盼水、敬水和思水情结"；再比如，因年事已高，有关两位"梯田书记"的故事未能成文，他硬是在"自序"中作了补偿。三是他的散文总是流露出一种浓郁的文化气息。

先生的文风，对我确有潜移默化的作用。但有许多东西是学不来的，特别是他有充盈的文化底气，使他的散文有了更高的艺术价值。比如《天鼓大音》，以"太平鼓"为文眼，文思浮游千万里，纵论上下几千年，有着厚重的历史感和浓郁的民族忧患意识，"从历史的深处响来，又向历史的远处响去"，我是不能望其项背的。让我感触尤深的是，我也写了不少有关欧洲文化的散文，但是没有一篇达到《诗哉，酒哉》那样的高度，这是不能用"走马观花"和"下马观花"来为自己开脱的，归根到底还是缺少他那样的文化底气。

汗浇黄土滟清流，时暖时寒岁月稠。

桃李成林看陇上，飞天花雨遍神州。

先生是诗人，是散文家，更是甘肃文艺园地的一名园丁。这第三个角色，他扮演的时间最长，投入的精力最多，成效也最大。通过李云鹏、何来的文章，我看到了先生是如何在甘肃文化艺术的园地辛勤耕耘的。

1973 年的春天，中国的文坛还是一片荒原，西北的黄土地上却独树一帜——《甘肃文艺》复刊了！受命负责、做成大事的人就是杨文林。然而，在当时的政治气氛之下，办一个文学刊物风险该有多大！

先生接过重担的同时也就接过了坎坷。《甘肃文艺》复刊之初即获好评，但好景不长，种种磨难接踵而至：不能按照自己的意愿办刊、刊物的文学性被限制、不小心会"触雷"等等，让他非常苦恼。后来，又第二次被送往"五七干校"。再后来，编辑部原有的办公场所也被剥夺了……但先生忍辱负重，把刊物坚持下来了，并且在 1981 年改刊为《飞天》。

这个艰难的过程，一如他在小诗《天池之恋》中所写："我用细杨柳叶编了一只小船 / 载着坚定的信念……它只是一只小船 / 在风浪中一闪 / 一闪，湖心风大，它消失了 / 但是，它没有沉没，我的小船 / 又在前面的风浪中闪现"。

先生的"小船"《飞天》，以鲜明的特色出现在文坛。其时，我正好从部队转业回甘肃，成了《飞天》的忠实读者。诗歌、散文、小说，都很喜欢；"我与文学""文坛争鸣"等栏目，也是每期必读。尤其可贵的是《飞天》率先开办了"大学生诗苑"和"诗词之页",可谓气象多出,名响文坛。

我注意到,《飞天》吸引了一大批包括台湾、香港在内的全国老中青诗人。其中,不时看到胡风、姚雪垠、公刘、李瑛等全国名家的作品;而甘肃的诗人、作家也通过《飞天》走向全国。但我不知道的是,主编这个刊物的杨文林其人其事,更没有看到他在《飞天》发表作品。现在知道,他是把满腔心血都献给了《飞天》。通过《飞天》,他培养了一批又一批的文学新人乃至名人。这个贡献远远大于他的诗歌、散文。

> 天外飞鸿牵一线,忘年成友最情真。
> 曾几促膝忧国事,更多兴致论诗文。
> 助圆学子作家梦,教做官场清白人。
> 我愿先生康乃寿,诗坛启后待传薪。

这首诗记载了我与先生的情谊。那是 1996 年 6 月,我在碧口水电厂做党委书记。厂里收到一份由红旗出版社委托编辑的《甘肃省企业之星》的联系函,而主编正是杨文林。我们很快完成了任务。其间,先生和我有过几次电话。之后,我去兰州出差,他特地从东岗西路来七里河看望。初次见面,先生那军人身姿、诗人气质给我留下了深刻印象。

就是在这次见面中,他问我有没有喜欢过文学。我便给他看了我的几首诗词习作。先生看了之后高兴地说:"很有诗意!"这是对我莫大的鼓励,要知道他可是省文联副主席、《飞天》老总编啊。在先生的鼓励下，我继续诗词写作。不出半年即在《陇南报》《阴平诗词》等刊物上发表几十首习作，在陇南产生了一定影响。

之后，先生从各方面帮助我。先是介绍认识了时任《飞天》副主编的何来、《甘肃日报》文艺部主任梁胜明，我的诗词作品开始出现在《飞天》和《甘肃日报》副刊上。为了提高创作水平，特别是在格律上过关，他又介绍我拜《中华诗词》主编杨金亭为师，说自己不精诗词格律，拜个高师，好进一步学习诗词艺术。同时，还给我开列了应该读的书目。在作品数量、质量达到要求的时候，及时介绍和支持我加入甘肃省作家协会、中国诗歌学会、中华诗词学会。我的文学创作有了更加宽阔的舞台，诗词作品出现在《中华诗词》《诗刊》等国家级的刊物上，散文也在《飞天》发表。

2009 年，当我谈了出诗词集的打算时，先生即表示赞成，并指导了具体的编辑工作。今年我开始整理散文集，他这位八十高龄的老人，又开始为这本集子操心，包括内容、版式等都提出了重要意见。稿件选完之后，他通审两遍，作了核定，对很多篇章提出了修改意见。先生去北京开九届文代会之前，再三嘱咐我："如有新添的文章，一定送给我看看"，让我感动不已。

在与先生的交往中，他不只是在文学方面，而且在做人方面对我亦有很大影响。他是个重情重义的人，也是一个淡泊名利、生活简朴的人。他在东岗西路的住宅还是八十年代初期省文联分配的，面积小且陈旧，但他安居其中，坐卧书城，自得其乐。我们往来 15 年，他只在我的诗词集出版时，参加过我唯一的一次宴请，可谓淡水之交。我是碧口人，他喜欢碧口的茶叶，却不想麻烦我，只是让我托了个熟人，他每年把钱寄去，人家把茶叶寄给他。这些年，先生经常给我讲："当官，就要为老百姓办实事"，"不要争取当大官，要努力写大文章"。这些肺腑之言使我受益匪浅。知遇先生，真乃今生之幸也！

作于 2011 年秋，原载 2012《兰州晚报》

我的兄长杨文林

张忠道

每一个人在他砥砺奔走一生的不同里程中，总会碰到一个或几个对他的前程有过重要影响而难以忘怀的人。在我的人生旅途上，杨文林就是其中的一个。那就说一些有关他和我之间的故事，如果有助于人们从小见大，对这位给陇原社会主义文艺事业的兴旺发达曾作出不小贡献的共产党人、杰出诗人、散文家、编辑家的人品、情操、思想、信仰，多一些较为完整的认识，就很满足了。

头一次听到杨文林这个名字，还是六十多年前我在北京农业大学（现中国农业大学）读书时，从孩提青梅竹马到终身伴侣，当时在千里之外的西北农学院读书的杨文林夫人续树文亲妹妹的信中得知："姐姐在兰州嫁了个部队青年诗人叫杨文林。"因我从小喜爱文艺，尤其绘画，曾梦想高中毕业后报考美术学院当个画家！但几代医生世家的外婆、大舅夫妇认定走文艺道路太危险，坚决不许我报考艺术院校，从而砸碎了我的"画家梦"，不得已我毕业后改报了医农科，作为南京区考生，被北京农业大学畜牧系录取。虽明知此生不再可能从业美术，但喜爱文艺的积习难改，每进图书馆阅览厅，总免不了要到陈列文艺刊物的书架前翻看一阵。1957年某月的一天，忽见《人民文学》某期刊载着一首题为《你问中国农民的形象吗》的新诗，一见作者是杨文林，连忙仔细读了几遍，果然手笔不凡，竟情不自禁地念出声来，引得一旁同校的两位同学送来奇怪的目光。我连忙找了个座位，把这首诗全文抄了下来，带回宿舍让同窗们欣赏，他们夸赞是上乘之作。

想一想在那个普通外省人还不识甘肃陇原真面貌，都还以为甘肃是块贫穷落后、苦甲天下、黄沙漫天的不毛之地的年月里，一个土生土长的甘肃人能将其诗作送进全国一流刊物的大雅之堂，确实少见，真给咱甘肃人露脸争光了！

有一次我去杨文林家，初见笑脸相迎的杨文林，第一印象却像是见到了一位对我们农业大学学生来说一点都不陌生的农村人民公社精明诚朴的年轻带头人，既无书卷气，更无一丝少年得志的骄矜劲儿。杨文林杀开了一个大白兰瓜，一家人欢快品尝。那时住宿条件还较差，一家老小五口住在三爱堂陆军医院分配的一大一小两间平房里，外带一个像是自己搭建的小厨房，睡的都是土炕，解手也得跑到外边距离不算远的公共厕所去。当晚那间小屋自然就是我们两个大男人的下榻处。我俩躺在炕上聊了一阵后，杨文林突然拍了拍我的肩膀说："乔琪（我的小名），我听说你自小上进，在学校是个优秀学生，还是青年团员，中学、大学都一直被推荐为学生会的部长，现在快毕业了，你有没有想过要争取入党的事？"这突如其来的问题，让我一时语塞，不知如何回答。他见我沉默，接着说："我知道你出身不好，自然难一些，但千万别灰心，出身不由己，道路可选择。你可能不知道，我虽农家出身，18 岁参加人民解放军，但入团却比同龄人晚了几年，入党也不是支部全体通过，还当了两年的预备党员才转正。"如此坦率真直，倒让我吃了一惊。

"乔琪啊，我相信你迟早定会成为共产党员的，有志者，事竟成。你文化高，大道理不用我多说。今晚咱俩说定，不管多久，我们等着你入了党，一定给你摆家宴祝贺！千万记住今晚咱们的约定！"我咬了咬牙说："记住了，我今生一定努力。"

1966 年 5 月中旬始，一场惊天动地的"文革"风暴狂扫神州大地。和历次"运动"一样，首当其冲的仍然是文学艺术界。忽闻杨文林被打成"走资派"，陪省上文艺界领导遭十万人大会批斗的消息，深为他的处境担忧，我和爱人偷偷去他家探望，见到我们说他心里实在憋屈得慌，原本一个农民的儿子，参军入党，是部队多年把他培养成为一名耍笔杆子的文艺工作者，忠诚共产党，热爱家国，为人们服务从无二心，怎么一下子就被泼了一头脏水，说成是"走资派"！他眉头紧锁，站了一会儿，复又坐下，随手点燃了一支烟，狠吸了几口，看着吐出的烟雾翻滚散开，再没说话。这时，我才发现了他脸上挂着的泪珠。

1972 年，结束了几年"五七干校"劳动锻炼改造的杨文林，奉调回归久违了的文坛阵地，以《甘肃文艺》编辑部负责人的身份，全力投入了组织《甘肃文艺》（"文革"后改名《飞天》）的复刊，从此坚守在这个"呕心沥血绣嫁衣，甘当人梯扶俊才"的战斗岗位上，茹苦含辛，直到离休。

杨文林是个工作狂。当辍笔多年重回文苑后，即以编好刊物为先，恪尽总编本职工作，他对来稿字斟句酌的认真态度，不仅为同事、知情者、作者们敬佩赞叹，有口皆碑，就连与他相濡以沫一生的贤妻也曾说："我们家的文林么，除了下班回家吃饭和躺倒在床上睡觉，其余时间都献给了他心爱的工作。对我们来说，有氧气就能够活下去，可对他来说，没了工作就简直活不下去。"有趣的是上世纪90年代初期，杨文林离休，渐离文联、作协主流工作后，"没了工作就简直活不下去"的他，总算有了属于自己的时间，便又埋头博览经典，专攻散文创作，华章精品，迭出不穷。我也于上世纪90年代末期退休后，因系抗日黄埔军人后代，又曾干过多年编辑工作，便被甘肃省黄埔军校同学会聘为《甘肃黄埔》杂志编辑。杨文林得知后又大为高兴，仍勉励我要为党为国发挥余热，为黄埔军人前辈们服好务，编好杂志。我续操旧业后，还以他为榜样，他那边离而不休，奋笔宏文鼓与呼，我这边退而未歇，放歌黄埔慨而慷。15年来采编撰写发表了多篇为黄埔老兵"立言"的约30万字的文章，先后还参加了同学会编的《黄埔情选编》《黄埔之旅》《陇上黄埔》及《救亡图存·甘肃黄埔同学抗战记事》等四部书（总约150万字）的编辑工作。似乎我的每一步前进，身旁都有杨文林在鼓呼加油，总忘不了他的那句话："对编辑事业，一定要投入百倍的爱，只有爱得深沉，才能纵情放歌。"正是在他的启迪下，我才决心勇爬这道坡。

杨文林一生与"编辑"这两个字荣辱与共40余年，职务从记者、编辑组长一直干到主编、总编，技术职称达到编审级，攀登到了本行业的巅峰，见有评赞他的文章中，除了诗人、作家、散文家外，还加上了一顶"编辑家"的桂冠，应是恰如其分。我从走出学校门到退休的37年中，前后变换了三次工作岗位，其实最喜爱也觉得最适合我干的事业还是当个编辑。这不能不说确是深受杨文林的影响，虽够不上什么"家"的资格，但两头接串起来，干编辑有30年了，算是个老编辑吧！我曾问杨文林："怎么我们俩都围着编辑这个磨盘转了半辈子圈圈？"他笑答曰："兴许这就叫造化弄人，缘分吧。"

1972年冬，忽接到通知，说甘肃省革委会农林局畜牧处要借我去主持编绘甘肃省的大型科普宣传画《养猪挂图》。我从未与政府部门直接打过交道，唯恐难当此责，有些犹豫，便去找杨文林谈，他劝我："不必为难，以你的情况，既学过本科专业，又搞过美术创作，两相结合，正好为社会多做贡献，也为自己多积累些编辑工作经验，何乐而不为呢！"听了他的话，便去农林局受命，后由我牵头组织班子，花了近3年时间，"避开窗外纷争事，一心专攻养猪图"，殚精竭虑，夙兴夜寐，终至功成。1975年内由农林局出资、甘肃人民出版社正式出版发行了对开17大张的一套大型《养猪挂图》，外加两张对开单页《新法快速育肥猪》《带状种植高产》，印数上万，下发全省有关单位及农村人民公社生产队。

1976年春，甘肃省革委会要在10月份举办一次全省美术摄影大展而下发文件，省农林局又召我去，这次不再是畜牧处而是政治部了。比我年龄大不多少的政治部崔副主任说，局里决定要组织一个美术摄影创作班，要我去当班长，具体任务是拿出作品参加省上大展。真是把我给吓着了！用什么画种表现呢？油画、水粉画或是国画？肯定都不行，这个创作班子似无此功底，不敢冒险。但如果拼出一套木刻版画来，谁敢不服？"森林姓木，本由五个'木'字组成"，如果采用木刻手法表现，有可能别具风格，说不定出奇制胜。那给这套组画起个什么名字好呢？不由得联想到大作家曲波正走红的革命长篇小说《林海雪原》，干脆叫个《林海战歌》好了。想到这里，我急不可待，骑自行车去找杨文林。那时，原省文联的办公楼已不再属他们所有，杨文林被遣到段家滩，可能是在原兰州电影制片厂的旧摄影区上班，费好大劲才在一间寒酸平房里寻见了他。一是来告诉他我现在又有了新活干，并把设想禀告，以征求他的参谋指点；二来是想求他给我的创作班请一位美协的专业版画家当教师爷，指导我们搞创作，不然凭我这点三脚猫功夫，根本无法完成如此重任。从来以关怀扶持草根作者为天命的杨文林，听了我的陈述后说："你的这个选题非常好，只是美术创作非我专长。我给你推荐一个能人，他是从新疆部队上调来甘肃任群艺馆领导的张趋，正好是位版画家，听说过吗？"我说："不认识。"他说："好办，我写个短信你拿上去拜访他，这属于他管的工作，他是个热心人，保管没问题。"说罢，当即就写了个短信交我，我便立刻按他说的地方去拜见。

原来张趋老师正好也带领着由部分地（州）县文化馆专业画

家组成的创作班干活。他个头不高，一点大画家、领导的"架子"都没有，却像杨文林一样的朴实真诚，军人气质。看了我递上的短信，听我说明来意后，竟像老熟人一样和我攀谈起来，详细询问了省农林局美术摄影学习班的情况和我的初步想法后，一拍大腿说："好题材。"继而问我："搞过美术创作吗？"我说："搞过，也曾在报刊上发表过几篇不像样的作品。"又问："那搞过版画吗？"答："这个连碰都没碰过。"他说："那没关系，像你这样有一定基础的人，只要用心，一学便能掌握。"转身便进屋里，不一会儿拿着两本专讲木刻技法的书和一堆木刻刀具、印制木托及一块椴木五合板出来，当场给我演示如何操作，让我带回去认真学习钻研，并答应一定要到我们创作班去帮我们拿出作品。之后，我们开始深入林场写生、找素材、体验生活，将队伍分成美术、摄影两个组，我负责美术组，一路拍摄了大量的照片后，收兵回营了。

回到兰州顾不上休息，我立马分头去找杨文林和张趋老师汇报"成绩"。他们看后都给了"及格"的打分。杨文林特别叮咛："下一步就是精心创作了，一定要认真推敲，把握尺度，组画不是连环画，不必求全，面面俱到，而要舍粗求精，十多幅颇多，六七幅足矣。不要急于求成，时间够，慢工出细活，拿出不拼出个精品誓不休的劲头，相信自己，定能有成。一定要多请教张趋，你也肯定会抓住这个难得的机会，从他那里学些本事，别让他失望。还是那句老话，等你的好消息。"张趋老师更爽快，说："放心大胆干，谁说鸡毛不能上天！"我们全力以赴反复研讨、补充完善、集思广益，浓缩画成七幅草图，连同摄影组精心挑选、剪裁、印制的九幅作品小样一并报送省农林局政治部审阅批准后，我便将美术组成员按个人专长、每幅由两人承担进入实战。张趋老师从出小样到画大样，几乎三天两头要赶来具体指导，最后还特地从他的班上带来三位画家，逐幅会诊修改，直到定稿。按要求准时完成了任务，交出了全部作品。

那时不兴送礼、请吃，只能向这位我尊敬的艺术家深深地鞠一躬，将一套印好的作品送给张趋老师留作纪念，感谢他的全心无私帮助和教会了我全套木刻技巧。他笑着说："这本是我的职责所在，应尽的社会义务。"后来去了杨文林家，让他看了全部作品的照片，他非常高兴，拿出酒来与我碰杯相庆。

如今，把这段已经过去了40年的往事抖搂出来，缕述一大堆，实在是永远忘不了杨文林、张趋、杨志印、陈子佛那辈老艺术家们把来自老百姓的草根业余作者当亲人，满腔热诚关爱扶持培育的崇高精神和职业道德。我非文艺圈中人，真不知道当今陇原艺坛，仍像他们那样做的艺术大师及新俊还有多少？企盼杨文林们的思想境界能世代传承，发扬光大，万勿让工农兵学业余文艺作者被边缘化，这绝对无益于陇上社会主义文艺事业的兴旺繁荣与拓展发达！

1983年春，我终于被接纳加入了中国共产党。当我把这个喜讯告诉杨文林时，他异常高兴地说：到时候兑现23年前我们初次见面那天晚上的约定了，"摆家宴为我祝贺"。立马，卷起袖子亲下厨房做了一道他最拿手的佳肴——文林大烩菜。那天一时兴起，我们多喝了几杯高度酒，说了几句似不该说的话："你已为官多年，一直勤奋敬业，廉洁清正。自古官场多贪腐，常在河边走，千万别湿了鞋。"此语一出，坐在旁边的内子立时在桌下踢了我一脚。杨文林却哈哈大笑说："我本农家子弟，当兵后是人民军队把我培养成了一个要笔杆子的秀才、共产党员，从来不敢忘本，只求凭党性和社会责任心做人做事，洁身自好，临深履薄，非分之事从不想，只留清白在人间，这就是我的为人之本。再说文联、作协乃清水衙门，《飞天》编辑部也只是一帮甘于清贫、为人做嫁衣的秀才栖身之所，要说贪污，顶多也就是多占几页稿纸罢了！"他这一席肺腑言，直至今日还犹然在我耳边响起。

　　杨文林的故事贮存在我的大脑（不是电脑）里的，还有很多很多。人老了，说事难免啰唆，接着再啰唆下去，这篇文章将会拉得更长、更长。还是回到初见文林时让我激动不已的那首《你问中国农民的形象吗》新诗中去。假如现在有人出题："你问陇上文坛大家杨文林的形象吗"，我将以一幅与其大作相对应的漫画作答：

　　一张农家忠厚朴直的面庞，
　　"一顶避风挡雨的草帽，"①
　　一杆硕长大笔肩头扛，
　　前后挑起两个大箩筐。
　　一头装着诗歌、散文的大丰果
　　一头装着琵琶反弹的"飞天"。
　　"袒露着能滚过大雷雨的胸膛"②

①②皆为杨文林诗原句。

在社会主义文艺的阳光大道上，
迈开大步，甩起臂膀，
满脸欢笑，直奔前方！

最后，还不得不再说几句心里话，当杨文林的挑担，实在太累人。他虽只长我六岁，但俨如站在身旁的良师，常使我敬畏有加，以致为人处世从不敢懈怠。明知达不到与他比肩而行，但有句名谚说得好："不争金子争面子！"男子汉嘛，为我为他，绝不能把差距拉得太远了，那种压力实在太沉、太沉！如今回首一生，还真得由衷地感激他哩。先贤留有箴言："清气若兰，虚怀似竹，乐情在水，静趣同山。"我以为杨文林君当属这样的人。

文成落笔，既是暖心回忆，也为无穷希望：我深信历史将永不会忘却曾在新中国陇上文学园地里勤苦垦荒、耕耘一生的杨文林这辈老人民艺术家的。

图书在版编目（CIP）数据

岁月留痕——杨文林诗文集·综艺卷 / 杨文林编 . --北京：作家出版社，2018.7

（中国现代文学馆钩沉丛书　执行主编　计蕾）

ISBN 978-7-5212-0134-5

Ⅰ . ①岁… Ⅱ . ①杨… Ⅲ . ①中国文学 - 当代文学 - 作品综合集 Ⅳ . ①I217.2

中国版本图书馆CIP数据核字（2018）第159494号

岁月留痕——杨文林诗文集·综艺卷

编　　者：杨文林
责任编辑：李亚梓
装帧设计：文　岩　张　曦　陈　青　百丰艺术
出版发行：作家出版社有限公司
社　　址：北京农展馆南里10号　　邮　　编：100125
电话传真：86-10-65067186（发行中心及邮购部）
　　　　　86-10-65004079（总编室）
E-mail:zuojia@zuojia.net.cn
http://www.zuojiachubanshe.com
印　　刷：北京玺诚印务有限公司
成品尺寸：156×217
字　　数：185千
印　　张：16.75
版　　次：2019年5月第1版
印　　次：2019年5月第1次印刷
ISBN 978-7-5212-0134-5
定　　价：49.00元